별일 없이
살아도
별 볼 일은
많아요

별일 없이
살아도
별 볼 일은
많아요

초판 1쇄 인쇄 2022년 5월 26일
초판 1쇄 발행 2022년 5월 31일

지은이 정한빛
책임편집 하진수
디자인 그별
펴낸이 남기성

펴낸곳 주식회사 자화상
인쇄,제작 데이타링크
출판사등록 신고번호 제 2016-000312호
주소 서울특별시 마포구 월드컵북로 400, 2층 201호
대표전화 (070) 7555-9653
이메일 sung0278@naver.com

ISBN 979-11-91200-56-0 03810

정한빛 지음

별일 없이
살아도
별 볼 일은
많아요

자화
상

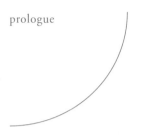

집 2평,
앞마당 2만 평

　내 집은 2평이다. 가끔 굴러가고 날마다 앞마당이 바뀐다. 차를 세울 수 있는 곳이면 세상 어디든 앞마당으로 즐길 수 있다. 새소리를 들으며 아침잠에서 깨고, 시냇물 소리를 들으며 잠든다. 밤에는 별 보며 멍 때리고, 달 보며 술 마신다. 소유물을 기준으로 하면 가진 게 별로 없지만, 마음의 품을 기준으로 하면 세상 누구보다 가진 게 많다.

　마음의 품이 커지면 행복이 그 품 사이사이로 굴러 들어온다. 행복을 찾아다니기도 전에 행복이 먼저 나를 찾아오던 시절이 있었다. 도망가지 못하도록 날 찾아온 행복을 손으로 꽉 쥐었더니 오히려 모래처럼 잘게 부서져 손가락 사이를 빠져나갔다. 내 손바닥에 끝까지 남은 것은 '나누는 행복'뿐이었다. 내가 가진 것 중 무엇을 나눌 수 있을까? 이것저것 제하고 나니 남은 게 글 쓰는 재주밖에 없더라. 그래서 책을 썼다.

이 책에 캠핑카에서 살던 시절부터 간헐적 밴 라이프를 이어가고 있는 지금에 이르기까지의 기록을 담았다. '내 삶이 모범 답안은 될 수 없더라도 누군가 참고할 만한 예시 답안은 될 수 있지 않을까' 하는 마음으로 글을 썼다. 부디 당신의 인생 답안지를 작성해나가는 데 이 책이 도움이 되기를 바란다.

사랑이 증발해버린 세상이다. 인터넷 댓글 창에 난무하는 차별과 혐오의 언어들을 보고 있노라면, 여기가 지옥이 아니면 어디가 지옥인가 싶을 때도 있다. 세상이 너무 건조해서 누가 성냥불 하나만 갖다 대면 모든 게 활활 타버릴 것만 같다. 이 사막 같은 세상에 내 글이 당신의 갈증을 해소할 오아시스가 된다면 더 바랄 게 없겠다.

정한빛

프롤로그 • 4

1장 / 내가 멈추는 그곳이 오늘의 우리 집이에요

밴 라이프의 서막 • 13

내가 가는 곳은 길이 되고, 멈추는 곳은 집이 된다 • 22

캠핑카 첫 정박지의 조건 • 28

행복하게 사는 데 얼마가 필요할까? • 33

쓰나미에서 살아남은 자는 파도가 두렵지 않다 • 40

한 달 동안 히피처럼 살아봤다 • 46

내 바람은 단지 그뿐이다 • 53

★모험주의자 추천★ 죽기 전에 해볼 만한 모험 준비_버킷리스트 만들기 • 58

★모험주의자 추천★ 죽기 전에 해볼 만한 모험 1_스카이다이빙 • 67

2장 밴 라이프를 하고서야 비로소 알았어요

채식이 내게 가져다준 것 • 73

김자반으로 깨우친 나눔의 미학 • 79

그건 네가 덜 피곤해서야 • 84

별일 없이 살지만 별 볼 일은 있다 • 88

타고난 모험 DNA • 94

기분 좋은 불편함 • 97

탈원전 프로젝트 • 100

불안 사용 설명서 • 106

어떤 날 • 114

창문만 부수지 마요 • 120

★모험주의자 추천★ 죽기 전에 해볼 만한 모험 2_모터바이크 • 125

★모험주의자 추천★ 죽기 전에 해볼 만한 모험 3_마라톤 • 130

3장 언제나 자유롭고 싶어서 그랬어요

일상 모드 OFF, 여행 모드 ON • 139

답을 찾을 것이다, 늘 그랬듯이 • 144

퍼거슨, 또 의문의 1승 • 149

어차피 너나 나나 • 153

떠나고 싶은 날, 떠 있고 싶은 날 • 157

더 이상 바랄 것도, 두려울 것도 없으니 • 161

★모험주의자 추천★ 죽기 전에 해볼 만한 모험 4_서핑 • 164

4장 인생에는 때때로 쉼표가 필요한걸요

쉼표 • 171

별 보러 가자 • 176

내가 진짜 갖고 싶었던 것 • 182

딱 1평만 있으면 돼 • 186

약속을 하지 않겠다는 약속 • 192

나는 그곳에 있었다 • 197

별 이불 덮고 자는 밤에 • 204

★모험주의자 추천★ 죽기 전에 해볼 만한 모험 5_백패킹 • 209

★모험주의자 추천★ 죽기 전에 해볼 만한 모험 6_온종일 걷기 • 213

5장 / 후반전은 내 마음대로 뛰어볼게요

빛과 빚 • 223

나는 지금 잘 가고 있다 • 230

지금 이 순간이 켜켜이 쌓여 • 233

그날, 내 인생을 바꾼 반딧불 • 244

여행이 일상인 듯, 일상이 여행인 듯 • 254

내 꿈은 현재진행형 • 258

★모험주의자 추천★ 죽기 전에 해볼 만한 모험 7_카약 • 263

밴 라이프 고수에게 묻다 캠핑카 질문 TOP10

Q.1 캠핑카에 살면서 불편하지 않았나? • 271

Q.2 캠핑카를 살 때 무엇을 고려해야 할까? • 272

Q.3 캠핑카 가격이 부담되지 않았나? • 274

Q.4 루프탑 텐트나 카라반은 어떨까? • 274

Q.5 캠핑카 구매할 때 필수옵션이 있다면? • 275

Q.6 캠핑카 업체를 선정할 때 주의사항이 있다면? • 276

Q.7 캠핑카에서 살면 샤워와 세탁은 어떻게 해결할까? • 277

Q.8 다른 캠퍼에게 당부가 있다면? • 278

Q.9 제주도 차박지를 추천해준다면? • 280

Q.10 캠핑카에서 살면서 가장 좋았던 점과 가장 힘들었던 점은? • 281

에필로그 • 282

1장

내가 멈추는 그곳이
오늘의 우리 집이에요

밴 라이프의 서막

　얼떨결에 혼자 살게 됐고 무한의 자유를 누렸다. 난 뭘 할 때 행복한 사람인지 확실히 알게 됐다. 행복감이 들 때면 곁에 없는 가족이 그리웠다. 가족을 만나는 주말마다 기뻤고 헤어질 때마다 울었다. 슬픔의 눈물만은 아니었다. 헤어질 때 우는 행위만큼 사랑의 확실한 증거는 없으니까.

　나와 아내는 주말부부다. 불과 몇 달 전만 해도 30대 후반에 생애 첫 자취와 주말 부부를 동시에 경험하게 될 줄은 상상도 못했다. 모든 것은 아내의 무덤덤한 한마디로부터 시작됐다.

"저 2년 동안 대학원 공부하고 올게요."

직업 특성상 대학원 진학은 흔한 일이어서 나는 시큰둥한 표정으로 되물었다.

"대학원? 어느 대학원? 제주대 교육대학원? 그래, 하고 싶으면 하는 거지, 뭐."

"아니요, 한국교원대학교 대학원."

2초간 정적이 흘렀다. 한국교원대학교 대학원은 청주에 있다. 우리 부부가 사는 곳은 제주도다. 아내가 대학원 입학 전형에 합격했다는 것은 2년 동안 주말부부로 떨어져 살아야 한다는 의미였다. 순간, 뇌리를 스치는 세 글자가 나도 모르게 튀어나왔다.

"애들은?"

"내가 데리고 갈게요."

'휴, 다행이다'라는 생각을 하지 않았다면 거짓말이다. 아내는 한 달 후, 대학원 입학 전형에 합격했다고 전해왔다.

여기까지가 서른여덟 살에 처음 자취 생활을 경험하게 된 사연이다. 처음 1년은 직장 주변에 있는 원룸에서 살았다. 1년 동안 원 없이 자유롭게 살았더니 자유에 대한 갈증이 어느 정도 해소되어 다시 가족과 함께 살고 싶은 마음이 스멀스멀 올라왔다.

마음 가는 대로 흘러가는 대로

평생 살아보지 않은 곳에서, 평일에는 아내와 같은 대학원을 다니고 주말에는 아이들 데리고 가족 여행을 다니는 삶도 행복하겠다는 생각이 들었다. 아이들에게도 분명 좋은 경험이 되리라. 제주도에서 평생 사는 것보다는 단 2년 만이라도 더 넓은 세상에서 뛰어노는 게 두 아이의 인생에는 훨씬 도움이 될 테니까.

결국 나도 아내가 다니는 대학원에 지원하기로 했다. 합격한다면 주말에 헤어질 때마다 서로 눈시울 붉히는 일은 그만해도 될 터였다. 그러나 시험 준비는 순탄치 않았다. 임용고시 이후로 15년 만에 전공 서적을 펼쳐 들었으니 내용이 눈에 들어올 리 없었다. 벽돌처럼 두꺼운 전공 서적은 베개로 베고 자기에 딱 알맞은 두께였다. 아마도 전공 서적을 베개처럼 베고 잔 시간이 공부한 시간보다는 많을 것이다.

시험 날짜가 다가올수록 자신감은 줄어들고 불안감은 커졌다. 그렇다고 포기한 것은 아니다. 나에게는 믿는 구석이 있었다. 입학 전형은 객관식이 아니라 서술형 시험과 면접으로 치르는데, 면접은 운에 맡긴다 쳐도 서술형 시험은 자신 있었다. 내가 풀어쓸 수 있는 핵심 키워드만 나온다면 모르는 것도 아는 것처럼 써낼 자신이 있었다.

드디어 시험 당일, 시험지를 받자마자 이게 웬 횡재냐며 속으로 쾌재를 불렀다. 내가 풀어쓸 수 있는 주제가 시험 문제로 나온 것이다. 키워드 하나를 잡고 나름의 논리를 전개해나갔다. 60분이 주어지는 시험에서 50분 만에 답안지를 제출하고 멋지게 퇴장했다. 고시장 밖에서 같은 전형에 응시한 후배를 기다렸다. 그런데 시험 종료 시각이 지났는데도 후배가 나오지 않았다. 전화해도 받지 않았다. 그러고 보니 뭔가 이상하다. 1시간이 지났는데도 나오는 사람이 단 한 명도 없다. 대학원 입학 전형 시간표를 재확인했다. 이럴 수가! 시험 시간은 1시간이 아니라 2시간이었다. 꿈이 아니었다. 경악도 잠시, 이미 엎질러진 물을 도로 담을 수는 없는 일이니, 오후에 있을 면접이나 잘 준비하기로 했다.

몇 시간을 기다린 끝에 저녁이 되어서야 면접에 들어갔다. 면접장에는 2명의 면접관이 있었다. 그중 한 명의 얼굴을 확인하는 순간, 나는 시험에서 '이탈'했음을 직감했다. 1교시 서술형 시험에서 50분 만에 답안지를 제출하고 '쿨내'를 풍기며 퇴장했을 때, 답안지를 받아준 사람이었기 때문이다. 머릿속에서 대학원 합격 안내 내비게이션이 내 귀에 대고 속삭이는 듯했다.

"경로를 이탈하셨습니다."

내가 교수라도 2시간짜리 시험을 50분 만에 작성하고 나가버린 수험생이 좋게 보이지는 않을 것 같았다. 면접을 마치고 밖으로 나와 들이마신 저녁 공기가 상쾌했다. 시험에 떨어졌으니 기분이 나쁠 만도 한데 이상하게 기분이 좋았다. 올려다본 하늘의 흩어지는 구름 뒤로 세 글자가 반짝였기 때문이었다. 그것은 바로 캠핑카.

'그래, 이건 하늘의 뜻이다. 캠핑카에 살아보라는 캠신(캠핑의 신)의 계시다!'

무의식 속에서는 차라리 시험에 떨어지길 바라고 있었는지도 모르겠다. 가뜩이나 '캠핑카를 사면 안 되나?' 고민하던 참이었는데 오히려 답이 확실해졌다. 캠핑카를 사기로 했다.

케세라세라

인생이 쉽게만 풀린다면 얼마나 좋을까. 문제가 하나 있었다. 자본주의 사회를 살아가는 모든 인류는 경제적 선택을 하기 전에 그분에게 의사를 물어봐야 한다. 그분의 이름은 '돈', 영어 이름은 Money. 호모사피언스의 수많은 욕망이 그분 앞에서 판판이 깨지는 것을 우리는 역사를 통해 익히 봐왔다. 경건한 마음으로 돈의 신에게 캠핑카를 지금 사도 되냐고 물어봤더니 아직은 시기상조라고 했다(이야기가 다소 콩트 같지만 일단 시작했으니 끝은 보자). 나는 절망하며 돈의 신에게 말했다.

"돈 때문에 꿈을 접어야 하는 겁니까? 저는 진짜 너무 사고 싶은데요."

자비로운 돈의 신은 말했다.

"그렇게 간절하면 내가 주소를 적어줄 테니 다른 신을 찾아가보거라."

"다른 신이요? 돈의 신이 해결해주지 못하는 일을 해결해주는 신이 있다고요?"

"있지. 은행의 신."

은행의 신에게 달려갔더니 3,000만 원 정도는 꿔줄 수 있다고 했다. 눈여겨봐 둔 캠핑카의 가격을 물어보려고 캠핑카 업체에 전화했더니 사장님이 판매의 신이었다.

"캠핑카요? 지금 사지 않으면 앞으로 가격이 계속 오를 거예요. 일단 르노 마스터(캠핑카 베이스 차량, 내가 알아본 업체는 이 차를 캠핑카로 개조하여 판매함) 신차 가격이 100만 원 정도 오를 거 같고…. 뉴스 보셨죠? 2020년부터 개정된 캠핑카 법이 적용될 거라서 세금도 오를 거예요. 다른 건 둘째치고 내년(당시 2019년이므로 2020년) 모델은 빨라야 2020년 6월 이후에나 차를 받으실 수 있어요. 저희도 신차를 받아서 캠핑카로 개조하는 데 시간이 필요하거든요."

이거 큰일이다. 이 말인즉슨, 캠핑카를 운 좋게 빨리 받아서 6월부터 캠핑카에서 산다고 하더라도 내게 '캠핑카의 봄'은 없다는 뜻이다.

"지금 재고 남은 게 몇 대죠?"

"딱 2대 남았어요. 지금 이걸 살까, 내년 모델 살까 고민하고 계신 분이 몇 분 있습니다. 빨리 결정하시지 않으면 다른 분이 채갈수도 있어요."

"사장님, 이번 주말에 계약서 쓰러 바로 올라가겠습니다."

그렇게 은행 대출, 캠핑카 계약, 아내의 결재 등 모든 절차가 일주일도 안 되는 기간에 일사천리로 진행되었다. 인생 뭐 있나. 대출은 미래의 내가 갚겠지.

드디어 캠핑카에서 살아보게 됐다. TV도 없고 샤워실도 없고 에어컨도 없는 기본 모델이지만, 미니멀 라이프에는 이미 단련됐다. 캠핑카에 전자레인지, 냉장고가 있다는 사실만으로도 어찌나 감사하던지. 역시 사람은 적응의 동물이다.

나는 다른 감정은 다 이겨도 두 가지 감정에는 늘 진다. 바로 설렘과 연민이다. 큼지막한 행복이 올 것 같다는 설렘은 빚이 늘어난다는 두려움을 덮고도 남는다. 설렘이 두려움보다 클 때마다 나는 내 길을 갔고, 단 한 번도 내 선택에 후회해본 적이 없다.

지금 캠핑카를 사지 않더라도 언젠가는 캠핑카에서 살게 될 날이 오겠지만, 한 치 앞도 내다볼 수 없는 게 인생이다. 그사이에 무슨 일이 생길지 누가 알겠는가. 나는 지금 행복해지고, 지금의 행복을 발판 삼아 내일도 행복하게 살 수 있는 길을 선택하겠다. 설레는 기분은 늘 좋다. 설렘이 지속되는 한, 내 인생은 날마다 소풍이다.

• • •
TV는 사랑을 싣고~
캠핑카는 새 집을 싣고~

• • •
내 이름으로 된 첫 번째 차이자
첫 번째 집. Simple is the best!

내가 가는 곳은 길이 되고,
멈추는 곳은 집이 된다

모험은 늘 설렘을 데려온다. 새로운 세계에 대한 설렘으로 낯선 세계에 대한 두려움을 이겨내는 사람만이 모험가의 자격을 가진다.

나는 궁금한 게 생기면 궁금증이 풀릴 때까지 잠을 이루지 못할 정도로 유난히 호기심이 많은 소년이었다. 어렸을 때 살던 집 근처에 냇가가 있었다. 초등학교 3학년 때였나? 어느 날 문득 냇가의 출발점이 궁금해져서 무작정 냇가를 따라 거슬러 걸었다.

모험 DNA를 타고났으나 모험가의 체력은 타고나지 못했기에 얼마 가보지도 못하고 지쳐버렸다. 더 어두워지기 전에 집으로 돌아가야 부모님의 잔소리를 피할 수 있다는 한 줌의 현실 자각으로 겨우 귀가했지만, 그날의 설렘은 마음속 서랍에 여전히 남아 있다.

스마트폰 작은 화면에 갇혀 더 멀리 가볼 생각도, 지평선 저 너머에 어떤 세상이 있는지 알아보려고도 안 하는 요즘 아이들에 비하면 분명 행복한 어린 시절이었다. 다행인 점은 내가 닿은 곳 저 너머의 세상이 지금도 여전히 궁금하다는 것이다. 오늘은 저녁노을이 하늘을 어떤 색으로 물들일지, 내일은 또 어떤 일들이 나를 설레게 할지 기대된다. 그래서 내 삶은 지루할 틈이 없다.

모험의 설렘을 간직한 채 어른이 된 소년은 집을 2평짜리 캠핑카로 바꾸어놓았다. 내가 캠핑카에서 살기로 했다고 하자 주변 반응은 '언젠가는 그럴 줄 알았다'와 '그 정도일 줄은 예상 못했다'로 나뉘었다. 누군가는 이런 조언을 했다.

"캠핑카는 두 번 좋대. 살 때와 팔 때."

나를 뭐로 보나. 사장님이 캠핑카를 판매하며 가격이 폭락하지 않는다는 점을 장점으로 들었을 때도 나는 시크한 표정으로 대답했다.

"팔 일은 없어요. 애들 다 크면 그냥 여기서 살 거예요."

나와 캠핑카는 환상의 조합이라고 확신하는 이유가 있다. 일단 나는 사는 데 필요한 물건이 몇 개 없다. 옷 몇 벌, 휴대폰, 태블릿 PC, 코펠 세트, 숟가락, 젓가락, 베개, 이불 정도면 된다.

생활공간은 1.5평 공간이면 충분하다. 크고 좋은 집에 사는 것을 평생의 꿈으로 간직한 사람도 많던데, 나는 그런 집에 살아보지 않아서 그런지 작고 아담한 집이 좋다. 지금의 내 월급으로는 평생 큰 집에 살 수 없어서 자기 합리화하는 것은 아닐까 스스로에게 수백 번 되물었지만, 언제나 답은 그대로였다. 우연한 기회로 40평 넘는 집에 석 달간 혼자 살았던 적이 있는데, 그때도 나는 방 한 칸에서만 지냈다. '집이 아무리 넓어도 실제 우리가 쓰는 공간은 집 전체 공간의 40% 정도'라는 연구 결과를 어느 책에선가 봤다. 나는 40평 중 20%나 썼을까?

가족과 떨어져 혼자 6평짜리 원룸으로 옮겼을 때, 좁아진 집 면적에 반비례하여 내 행복 지수가 급상승함을 느꼈다. 집 정리도 편하고, 청소도 편하고, 물건으로 인한 스트레스(고장, 공간 차지, '저걸 왜 샀을까? 어떻게 처리하지?' 하는 스트레스)도 없으니까. 삶이 단순해지니 그렇게 좋더라. 40평에서 6평으로 집 평수를 줄였을 때 사는 게 더 행복했으니 집이 2평으로 줄어들면 사는 게 그보다 더 행복해지지 않을까? 소유에 따른 스트레스로부터, 타인의 시선으로부터 해방되어 순도 100% 진짜 나로 살 수 있지 않을까?

나는 어려서부터 헨리 데이비드 소로(Henry David Thoreau)의 『월든』 같은 삶을 꿈꿔왔다. 월든 호수에 통나무집을 짓고 살면서 자연과 삶이 주는 가르침을 온몸으로 체화했던 소로처럼, 언젠가는 그렇게 살고 싶었다.

이제 그 꿈이 눈앞에 있다. 여수발 제주행 배에 내 집(캠핑카)을 실어 남해 어딘가를 미끄러져 가는 동안, 소풍을 앞둔 어린아이 마냥 마음이 설레어 내내 잠을 이루지 못했다. 상상 속 소로에게 말을 걸었다.

"소로 할배, 전 당신처럼 통나무집에 박혀 사는 건 체질에 안 맞을 거 같고요. 그냥 남은 인생은 여행하듯 살다 가렵니다."

언젠가 헨리 데이비드 소로는 이렇게 말했다.

"이른 아침 산책의 기대로 마음이 설레어 잠에서 떨쳐 일어나지 않는다면, 첫 파랑새의 지저귐이 전율을 일으키지 않는다면, 눈치채라. 당신의 봄과 아침은 이미 지나가버렸음을."

다행히 내 봄과 아침은 아직 지나가지 않았다.

. . .
앞마당 경치는
다른 거 필요 없다.
바다랑 범섬만 보이면 된다.

캠핑카 첫 정박지의 조건

　인간은 아프리카의 사바나 초원과 같은 환경에 끌린다는 이론이 있다. 이른바 아프리카 사바나 가설이다. 인류가 수렵과 채집으로 생존을 이어가던 시절에는 앞이 탁 트여 있지 않은 공간은 공포 그 자체일 수밖에 없다. 언제 어떤 맹수가 날 공격할지 모른다는 불안에 잠식당한 인간은 뒤에는 숨을 수 있는 공간을, 앞에는 탁 트인 공간을 마련해두고 맹수의 움직임을 관찰했다. 이 마음이 우리에게도 유전되어 인류는 지금도 앞이 탁 트인 공간을 보면 마음이 편안해진다는 가설이 아프리카 사바나 가설이다.

그러고 보니 나도 카페에 가면 주로 구석진 곳에 벽을 등지고 앞이 탁 트인 공간을 마주 보고 앉는다. 내가 바다를 좋아하는 이유도 이런 본능적인 끌림과 무관하지 않을 것이다. 나는 바다가 좋다. 이유는 모르겠다. 그냥 좋다. 하루 종일 일과 사람에 치여 뿌예진 마음도 바다를 보면 금세 투명해진다.

바다를 바라볼 땐 다른 걸 할 필요가 없다. 그저 파도 소리에 귀 기울여 '지금, 나, 여기'를 느끼면 된다. 그렇게 바다를 질릴 때까지 바라보다 보면 호수처럼 잔잔한 바다에서도 파도는 친다는 것을 깨닫게 된다. '이게 바다와 호수의 결정적인 차이야'라고 말하려는 듯 파도는 쉼이 없다. 파도 소리는 사유를 부르는 BGM이다. 꼬리가 길고 여운이 짙은 생각을 부른다.

파도 소리를 들으며 앞으로 캠핑카에서 어떻게 살아갈지 계획을 구상했다. 당장 캠핑카 첫 정박지부터 결정해야 했다. 강남에 땅 보러 다니는 복덕방 아저씨마냥 신중을 기한 끝에 이상적인 캠핑카 정박지의 조건 네 가지를 선정했다.

1. 바다가 보여야 한다. 파도 소리가 들려야 한다.

2. 화장실이 근처에 있어야 한다.

캠핑카를 샀을 때 캠핑카 안에 이동식 화장실이 설치되어 있었는데 쓸 일이 없을 것 같아서 다른 사람에게 줬다. 이동식 화장실을 없앤 이유 중에는 당신이 생각하는 그 이유도 있다. 싸면 치워야 하는 게 세상의 이치다.

3. 주변에 사람이 없어야 한다.

사람 많은 곳은 질색이다. 사람 많은 곳 중 좋아하는 장소는 스포츠 경기장과 공연장, 두 곳뿐이다.

4. 와이파이가 터지면 금상첨화다.

데이터 1.5기가 요금제를 쓰고 있다. 데이터 난민들에게 와이파이는 하늘이 내린 축복이다.

올림픽 장소 선정위원회보다 까다로운 심사를 거친 끝에 드디어 첫 번째 정박지를 결정했다. 서귀포 법환 포구. 스무 살 때부터 수백 번도 더 걸었을 법환 해안도로의 끝. 저 멀리 보이는 범섬의 흑백 실루엣, 포구를 은은하게 감싸는 샛노란 가로등 불빛, 일을 마치고 잠시 쉬고 있는 어선들이 한데 어우러진 모습을 보고 있노라면 자연스레 술을 찾게 되는 곳. 바다 내음이 비리지 않고, 적당한 온기를 머금은 바람이 적당한 때에 뺨을 스쳐 지나가는 곳. 캠핑카를 사면 한 번은 여기서 살아보리라 다짐했던 그곳에 차를 세웠다. 예상대로 파도 소리가 들렸다. 철썩, 처얼썩, 쏴아. 파도 소리를 들으며 잠을 청했다.

그러나 예상과는 많은 것이 달랐다. 적막할 줄 알았던 밤에도 낚시꾼들이 수시로 지나다녔다. 예상치 못한 소음 공격에 이불을 뒤집어쓰고 겨우 잠들었건만 새벽 4시부터 들려오는 어선들의 모터 소리에 깰 수밖에 없었다. 그뿐이었다면 아마 첫날의 캠핑카 정박지 선정에 실패 딱지를 붙일 수밖에 없었을 것이다. 새벽 4시, 어선들의 모터 소리에 잠을 깨 눈 비비며 차 문을 여는 순간, 밤하늘에 별이 쏟아지고 있었다. 보름달이 환한 조명을 온 세상에 흩뿌리고 있었다. 파도 소리가 들려오고 있었다. 마치 그동안 내가 나오기만을 기다려왔다는 듯이.

근래 들어 밤하늘을 올려다본 일이 몇 번이나 있었을까? 한참을 밤하늘 가득한 별빛을 바라보며 난 그저 황홀했다. 내가, 지금, 여기 살아있다는 실감, 우주와 생명의 신비, 삶에 대한 감사, 이른 새벽부터 일을 나가는 어부들에 대한 존경, 하루에 한 번은 밤하늘을 바라보자는 다짐. 이 모든 걸 얻었으니 정박지 선정은 성공이다.

• • •
수평선과 캠핑카의 수평이
딱 맞아떨어지는 게 킬 포인트.
이런 곳, 은근히 찾기 어렵다.

행복하게 사는 데 얼마가 필요할까?

친동생처럼 가깝게 지내는 대학교 후배가 있다. 사는 곳이 멀어 자주 못 만나지만, 술만 마시면 내게 전화할 만큼 살가운 녀석이다. "형, 잘 지내죠?"로 시작되는 대화는 늘 같은 대사로 끝난다.

"형, 행복해야 돼."

"난 거지가 돼도 행복하게 살 사람이니까 내 걱정 말고 네 행복부터 챙겨."

나는 "행복하세요."라는 끝인사를 좋아한다. 상대방을 좋아하지 않으면 건넬 수 없는 인사여서 그렇다. 가령 "다음에 봐." 같은 인사는 누구에게나 할 수 있다. 길 가다가 우연히 마주친 별로 친하지 않았던 중학교 동창에게도 "다음에 시간 날 때 술이나 한잔하자." 정도의 끝인사는 무심코 건넬 수 있다. 게다가 "다음에 봐."라는 작별 인사는 결국 한 번은 어길 수밖에 없는 약속이다. 우린 모두 언젠가는 죽으니까.

실제 겪은 일이다. 우연히 길에서 대학교 동창을 마주친 적이 있다. 그 친구는 나보다 군대를 늦게 갔다. 시력이 안 좋았는데 시력을 교정한 후 신검을 받아 현역으로 군대에 갔다고 전해 들었다. 전역한 그 친구와 반가운 마음에 이런저런 얘기를 나누었고 헤어질 때 "다음에 보자."라고 인사했다. 그 친구는 내게 "너 내 번호 모르잖아? 나 번호 바뀌었는데?"라고 말했고 나는 멋쩍어하며 바뀐 번호를 물었다. 우리는 그 자리에서 번호를 교환했고 다음에 만날 날을 기약하며 "다음에 봐." 하고 헤어졌다. 그 친구는 한 달 후, 갑작스러운 사고로 세상을 떠났다.

"행복하세요."라는 인사는 상대방이 행복하기를 진심으로 바라지 않으면 선뜻 건넬 수 없는 인사다. 그래서 좋다. 누군가와 헤어질 때 "부자 되세요."라는 인사를 건네는 것보다는 2만 배쯤 낫지 않을까.

그것은 인삿말이었을까?

한때 "부자 되세요."라는 인사가 유행했던 때가 있었다. 2000년 대 초였나? IMF의 거센 광풍이 우리 사회를 휩쓸고 지나간 뒤, '뭐니 뭐니 해도 머니^{money}가 최고'라는 인식이 세상을 지배했다. '여러분, 부자 되세요'라는 카피를 내건 카드회사 CF는 욕망의 틈을 교묘하게 파고들었다. 지금 돌이켜보면, 이때가 대한민국의 사막화가 시작된 시점이 아니었나 싶다.

나는 생생히 기억한다. 우리나라가 사막이 되기 전, 서로가 서로에게 그늘이 되어주던 시절을 말이다. 새내기 때 옆 학교 대학 축제에서 술을 진탕 마시다가 버스 막차를 놓쳐도 걱정이 없었다. 큰 도로로 걸어 나가 히치하이킹을 하면 늦은 밤 그곳을 지나던 누군가가 의심 없이 태워줬다. 그땐 그랬다. 믿을지는 모르겠지만.

술집에서 술을 마시다가 갑자기 생일 축하 노래가 울려 퍼지면 술집에 있던 모두가 다른 테이블에 앉은 누군가의 생일을 축하하며 신나게 박수를 쳐줬다. 잠시 후, 암묵적인 규칙대로 생일 주인공이 와서 케이크를 나눠주었다. 그땐 그랬다. 믿을지는 모르겠지만.

언젠가부터 "부자 되세요."라는 인사가 유행하더니, '당신이 사는 곳이 당신을 말해줍니다' 같은 카피가 버젓이 전파를 탔다. 지금이라도 이따위 카피를 만든 카피라이터의 멱살을 잡고 묻고 싶다.

"가격이 싼 집에 살면 내 가치도 내려가는 겁니까? 인생을 개떡같이 살아도, 남에게 피해주고 온갖 갑질하고 살아도, 비싼 집에 살면 단지 비싼 집에 산다는 이유로, 그 사람의 가치는 올라가는 겁니까?"

나는 그런 일방적 기준이 싫었다. '돈이 많으면 행복하고, 돈이 없으면 불행해져. 인정하기 싫겠지만 세상이 그런 거야. 그러니 일단 달려!'라며 사람들을 한 줄로 세워 경쟁시키는 그런 사회가 싫었다. 경쟁이 나쁜 게 아니다. 돈이라는 하나의 목표를 향해 전 국민이 달려들 게 만드는 사회구조가 나쁜 것이다.

어쨌거나 사람들은 달렸다. 옆에서 달리니까 덩달아 불안해져서 다들 달렸다. 그때 이미 세상과 '삐딱선'을 타기 시작한 나는 주류의 흐름과는 다른 길을 걷고 싶어졌다. 느긋하게 걸으며 열심히 달리는 사람들의 결과를 지켜보기로 했다. 그런 다음에 내 인생의 방향을 결정해도 늦지 않다고 판단했다.

하마터면 열심히 살 뻔했다

그즈음 출간된 자기계발서의 주요 메시지는 '생생하게 꿈꾸면 결국 이루어진다'였다. 가뜩이나 불안했던 사람들은 이를 굳게 믿고 꿈을 '비비드'하게 꿨지만, 얼마 지나지 않아 믿음의 부작용을 호소하는 사람들이 늘어갔다. '생생하게 믿고 최선을 다해 꿈꿨는데 왜 꿈이 이루어지지 않는 걸까?'라는 의구심에 자기계발서는 '더 생생하게 꿈꾸라'라고 답할 뿐이었다. 그러자 자기계발서의 담론이 바뀌었다.

'당신이 성공하지 못한 것은 8시간 잤기 때문이다. 남들이 8시간 잘 때 6시간만 자라. '노오력'하라. 그러면 반드시 성공한다.'

불안했던 사람들은 이 말을 굳게 믿었다. 하지만 또 얼마 지나지 않아 믿음의 부작용을 호소하는 사람들이 늘어갔다.

'6시간만 자면서 꿈을 선명하게 꿨는데 왜 이루어지지 않을까?'라는 의구심에 자기계발서는 '당신의 노력과 믿음이 부족했기 때문이니 4시간만 자라'라고 답할 뿐이었다. 급기야는 『아프니까 청춘이다』라는 제목의 책이 베스트셀러가 됐다. 청춘이 왜 아파야 하는지, 아픔을 치유하기 위한 대안은 무엇인지 책은 대답해주지 않았다.

사회 구조의 모순으로 생기는 현상을 개인의 능력 탓으로 치환하는 건 이해하기 쉽고 그럴듯해 보였지만, 수많은 패배자만 양산했다. 거기에 경쟁에서 뒤처진 사람들을 보듬으려는 노력은 어디

에도 없었다. 패배주의의 먹구름이 온 세상을 뒤덮었고, '헬조선'
이라는 신조어가 유행했다. 사람들이 돈만 좇는 현상도, 패배주의
도 싫었던 나는 다짐했다.

"돈이 많지 않아도 행복한 사람이 되어야겠다. 누군가 나를 보며
돈이 별로 없어도 행복하게 살 수 있다는 희망을 가질 수 있도록."

이맘때쯤 아버지에게도 "저한테 재산 물려줄 생각 마시고 그동
안 모으신 돈 다 쓰고 가세요. 대신 빚만 물려주지 마세요."라고 말
했다. 아버지는 '물려줄 재산도 없는데 갑자기 무슨 소리지?' 하고
의아한 듯한 표정을 지었다.

희망이 되고 싶었다. 후배와의 전화 통화 막바지에 끝인사로 늘
등장하는 대사처럼, 돈이 많지 않아도 행복하게 살 수 있다는 희망
의 증거가 되고 싶었다. 물론 쉽지 않았다. 자본주의 사회에서 사
람이 살아가는 데 돈은 필수다. 없으면 죽는다. 그런데도 희망을
접지 않았다. 나 같은 사람이 많아져야 우리 사회가 살 만한 세상
이 된다고 믿기 때문이다. 지금도 이 믿음은 유효하다.

•••
어선들의 쉼터,
어부들의 삶터

쓰나미에서 살아남은 자는
파도가 두렵지 않다

'히피' 하면 무엇이 떠오르는가? 쿠엔틴 타란티노 감독의 영화 〈원스 어폰 어 타임 인 할리우드〉를 보면 히피에 대한 사회적 인식을 엿볼 수 있는데, '자유, 평화, 자연으로의 회귀를 부르짖으며 시작했지만 마약, 섹스, 쾌락을 탐닉하다 사라진 사회 운동'쯤 된다. 새로운 세상을 꿈꾸며 시작된 운동이 세력을 형성한 다음부터 본질을 잃고 표류하다 사라지는 역사는 인류사에서 지겹게 반복되어왔다. 그러나 히피 문화는 인류의 발전에도 큰 영향을 끼쳤음을 잊지 말자. 스티브 잡스도 히피 문화의 영향을 받은 인물로 꼽힌다.

이젠 히피가 사라졌다고 생각하는 사람도 많겠지만 지금도 지구 어딘가에는 히피들이 존재한다. 예전에 아내가 미국을 여행할 때의 일화를 들려준 적이 있다. 길을 가는데 비루한 행색의 히피 할아버지 한 명이 다가오더니 이런 말을 하더란다.

"이렇게 꽃이 아름답게 피어 있는데 어딜 그리 바쁘게 가세요? 가만히 꽃을 바라봐요. 얼마나 아름다워요?"

히피 할아버지의 저 짧은 대사 안에 내가 추구하는 네 가지가 모두 담겨 있다. 시, 아름다움, 사랑, 낭만. 할아버지의 말은 한 편의 시이자 아름다움에 대한 동경이고 자연에 대한 사랑이자 낭만이다. 내가 아내의 말이 끝나자마자 "우와…." 하고 꼬리 긴 감탄사를 내뱉었던 것은, 이렇게 길가에 흔하게 핀 꽃의 아름다움에도 감탄할 줄 아는 삶이야말로 진정 아름다운 삶이라고 생각하기 때문이었다. 자연스럽게 그런 생각이 들었다.

'나에게도 히피 DNA가 있는 것이 아닐까?'

내가 히피에게 끌렸던 이유는 크게 두 가지다. 하나는 그들이 사회에 던지는 메시지다. 사랑, 평화, 자유, 반전, 자연주의, 주류 체제에 대한 저항 그리고 공유와 연결이다. 이건 뭐, 내가 좋아하는 단어만 모아놨네. 그중 무엇보다도 마음에 들었던 것은 그들의 핵심 사상이기도 한 공유와 연결이다.

내가 히피에게 끌렸던 또 하나의 이유는, 지금도 이어지고 있는 그들 특유의 생활 방식이다. 세계를 돌아다니다 보면 저글링 공연, 바이올린 연주 등 최소한의 노동만으로 생계를 유지하고, 남는 시간은 자유롭게 인생을 즐기는 히피를 종종 볼 수 있다.

그럼 이쯤에서 내 소개를 잠깐 하겠다. 나에 대한 사전 지식이 없으면 앞으로 이어질 내 이야기가 뜬구름 잡는 소리로 들릴 수 있기 때문이다.

1. 히피가 꿈이자 정체성이다. 내 자기소개의 첫 줄은 이렇다. "내 삶의 정체성은 히피와 보헤미안 사이 어딘가에 있다고 믿는다."

2. 소유욕이 별로 없다. 특히 물욕이 거의 없다. 어릴 때부터 그랬다.

3. 죽기 전에 해보고 싶은 것이 참 많다 (버킷리스트 현재 88개).

4. 미니멀리스트다. 캠핑카에서 1년 거주할 계획이고 아내의 대학원 과정이 끝나면 다시 가족과 함께 살 예정이다. 물건이 별로 없어서 캠핑카 수납공간은 남아돈다.

5. 재테크는 젬병이다. 주식, 부동산 투자, 가상화폐 등은 한 번도 해본 적 없다. 버는 돈이 많지 않지만 돈을 허투루 안 쓰기 때문에 돈이 알아서 모이는

편이다.

6. 어느 날, 내가 속한 집단에 대한 의무감으로 억지로 모임에 나가고 있는 나를 발견하고 그 즉시 모든 모임에서 탈퇴했다. 인간관계의 그물에 얽매여 감정 소모하고 싶지 않다.

7. 다른 사람을 챙길 줄 모른다. 먼저 연락해서 안부 묻고 이런 것은 잘 못한다. 대신 연락이 오면 기분 좋게 나간다. 타인의 평가에 개의치 않는 편이다.

8. 혼자 있는 시간을 좋아한다. 혼자 있는 시간을 일정 시간 갖지 못하면 성격이 괴팍해진다.

9. 취미가 많다. 백패킹, 걷기, 마라톤, 서핑, 패들보드, 카약, 스쿠버다이빙, 자전거, 모터바이크, 당구, 마술, 독서, 음악 감상, 영화 감상, 여행, 글쓰기 등 자칭타칭 취미 부자다. 책, 음악, 영화만 있어도 평생 지루하지 않게 놀 수 있는 사람이다.

10. 행복의 역치가 낮다. 즉, 쉽게 행복을 느낀다. 어렸을 때 지옥 같은 불행이 날 덮쳤고, 운 좋게 살아남았다. 그 이후 어떤 불행이 와도 '이쯤이야' 하며 웃어 넘길 수 있는 사람이 됐다. 그때 탄생한 나만의 명대사. "쓰나미에서 살아남은 자는 파도가 두렵지 않다."

11. 사람들로부터 "너처럼 자유로운 사람은 본 적이 없다."라는 말을 자주 듣는다.

12. 사람들로부터 "너 사는 모습을 보고 내 생각이 바뀌었어."라는 말을 듣는 것을 좋아한다.

13. 나답게 산다고 자부한다. 언젠가부터 나의 욕망과 타인의 욕망을 구분할 수 있게 됐고, 남들이 가는 길을 나도 따라갈 필요는 없음을 깨달았다. 그때부터 살고 싶은 대로, 남 눈치 안 보고 살고 있다.

14. 자유롭게 살고 싶어서 진지하게 푸드트럭을 알아본 적이 있다. 붕어빵이 그나마 나랑 맞겠더라.

•••
자연이 TV다.

한 달 동안
히피처럼 살아봤다

사람이 행복하게 사는 데 어느 만큼의 돈이 필요할까? 언젠가는 실험해보고 싶었다. 캠핑카에 살기로 한 지금이 적기라고 생각했다. 캠핑카에 살면 최소한 집값은 안 들 테니까. 밴 라이프를 시작한 김에 한 달 동안 최소한의 비용으로 살아보기로 했다.

캐치프레이즈는 '최소한의 소비, 최대한의 자유'로, 한 달간 내 마음 가는 대로 살아봤다. 내가 만약 히피가 된다면 한 달에 얼마면 생활이 가능할지 가늠해봤다. 속세의 기준 따위 개나 줘버리라지.

1. 집

캠핑카에 살아서 집세는 안 든다. 아파트 관리비, 집 수리비, 주택담보대출 이자, 재산세도 낼 필요 없다. 집세는 0원.

2. 전기요금

캠핑카에는 태양광 발전이 있다. 히피가 돼도 태양은 비출 것이다. 전기요금은 0원.

3. 수도세

주변에 수돗가가 없어도 어딘가에 시냇물은 흐를 것이다. 수도세 0원.

4. TV 수신료, IPTV 사용료

TV 안 본다. TV 갖다 버린 지 10년쯤 됐다. TV 수신료, IPTV 사용료도 낼 필요 없다. 내 평생 다시 TV 살 일은 없다. TV 수신료 0원.

5. 휴대폰

휴대폰 요금은 3만 원짜리를 쓰고 있다. 알뜰폰으로 갈아타고 싶지만 부모님과 통신사가 묶여 있어서 바꾸지 못하고 있다. 히피가 된다면 만 원짜리 알뜰폰 요금제로 갈아탈 것이다. 처음으로 돈 드는 게 등장했다. 히피가 돼도 휴대폰은 써야 하다니. 히피가 배출한 인물 스티브 잡스가 히피도 휴대폰 써야 하는 세상을 만들어놨다. 이걸 어떻게 설명하지? 잡스형, 당신은 계획이 다 있었군요.

6. 인터넷

휴대폰으로 인터넷에 접속한다. 난 하루에도 궁금한 게 수백 개씩 생겨서 인터넷이 없으면 안 된다. 알뜰폰 데이터 무제한 요금제에 가입하면 인터넷 이용료도 휴대폰 요금에 포함될 테니 이건 패스.

7. 음악 감상

나는 하루 1시간 이상은 음악을 들어야 한다. BGM 없는 인생은 상상할 수 없다. 이젠 세상이 좋아져서 스트리밍 사이트에서 무제한으로 음악을 들을 수 있다. 참 좋은 세상이다. 스트리밍 사이트 월 이용료 대략 5000원.

8. 넷플릭스

히피가 돼도 넷플릭스는 포기 못 한다. 넷플릭스 오리지널 다큐멘터리 시리즈는 진심 최고다. 볼 때마다 기립박수를 쳐주고 싶다. 주식투자는 안 해봤지만 넷플릭스 주식은 사주고 싶을 정도다. 넷플릭스 요금도 기분 좋게 쓴다.

9. 책 구입비

1년에 도서관에서 빌려보는 책이 최소 100권 이상이다. 여름엔 에어컨 틀어줘, 겨울엔 히터 틀어줘, 책 공짜로 빌려줘, 보고 싶은 책 있다고 하면 대신 사줘, 인터넷도 공짜로 쓰게 해줘. 지금껏 도서관보다 환상적인 실내 공간을 본 적이 없다. 도서관만 생각하면 내 세금이 아깝지 않다. 고마워요, 도서관. 책 구입비 0원.

10. 유류비

평소 스쿠터로 출퇴근하고 가끔 캠핑카를 타고 여행을 간다. 이번 달은 기름 값으로 5만 원 정도 썼다. 만 원이면 스쿠터로 200km 이상 가니까 후하게 만 원을 책정하고, 여기에 캠핑카 유류비까지 포함하면 총 5만 원이면 충분할 것 같다.

11. 이발

한 달에 한 번 이발하는 데 1만 2,000원을 쓴다. 히피가 된다면 바리깡으로 직접 삭발할 것이다.

12. 기부금

소득에 비해 기부를 많이 하는 편이다. 20대부터 기부를 시작했으니 지금껏 기부한 액수를 합하면 웬만한 자동차 한 대 금액은 나오지 않을까 싶다. 10년 전, 믿었던 사람에게 시원하게 뒤통수 맞고 빚더미에 오른 적이 있었는데 그 때도 기부금은 차마 끊지 못했다. 길 가다가도 구걸하는 사람이 보이면 호주머니에 있는 돈을 다 줘야 마음이 편해진다. 이 책의 인세 수익도 전액 기부할 것이다. 왼손이 하는 일을 오른손이 모르게 하라는 말이 있는데, 기부는 내 뇌가 시킨 일이라 굳이 밝히는 바다.

지금까지는 매달 17일에 월급이 따박따박 꽂히는 직장에 다니고 있어서 기부를 마음 편히 할 수 있었다. 히피가 된다면 별수 없이 기부를 줄여야 할 것이다. 이게 가장 마음에 걸린다. 하지만 다른 방식으로라도 어려운 사람을 도울 것이다.

13. 취미활동

히피가 돼도 파도가 치는 날에는 서핑을 할 것이고, 파도가 없는 날에는 카약을 탈 것이다. 날씨 좋은 날에는 백패킹을 갈 것이고, 날씨 안 좋은 날에는 책을 읽거나 캠핑카 안에서 영화를 볼 것이다. 가끔은 자전거를 타고 내 뺨을 스치는 바람에 황홀해할 것이고, 때로는 스쿠터를 타고 멀리 떠날 것이다. 매일 한 시간 이상 걸으며 나와 대화하는 시간을 가질 것이고, 일주일에 몇 번은 뛰면서 땀 흘리는 기쁨을 느낄 것이다. 모두 돈이 별로 안 드는 취미다. 히피가 됐을 때 포기해야 할 유일한 취미는 스쿠버다이빙뿐이다. 다이빙도 가끔씩 돈 모이면 해야지. 이게 바로 히피 Flex!

14. 식비

드디어 가장 큰 지출 항목이 나왔다. 아, 참을 수 없는 존재의 무거움이여! 캠핑카에서 산 다음부터 아침은 주로 토스트로 해결한다. 점심은 직장에서 나온다. 저녁은 주로 채식 위주로 먹는다.

몇 년 전까지만 해도 푸드파이터 대회에 나가보라는 권유를 들을 정도로 식탐이 강한 사람이었다. 그때는 피자 L사이즈 한 판 먹는 건 일도 아니었다. 그러던 어느 날 동물권에 대한 책을 읽고 나서 채식의 필요성을 느꼈고, 최소한 혼자 먹을 때에는 채식으로 끼니를 해결하려고 노력한다. 한 달 식비를 얼추 계산해보니 하루 만 원쯤 되는 것 같다.

히피가 된다면 일단 두 끼만 먹을 것이다. 일할 때는 나도 세 끼 먹는다. 그런데 일하지 않을 때 세 끼를 챙겨 먹으면 살찌더라. 그래서 평일에는 세 끼를 먹고, 주말에는 두 끼만 먹는다. 두 끼만 먹으면 배고플 것 같은데 그렇지 않다. 일을 하지 않으면 에너지 소모가 줄어들기 때문에 두 끼만 먹어도 충분하다. 채식 지향으로 식단을 바꾼 다음부터 위가 줄어든 게 느껴진다. 이젠 조금만 먹어도 포만감이 든다.

진화생물학의 관점에서 보더라도 인간이 세 끼를 챙겨 먹은 것은 인류 역사에서 얼마 안 됐다. 수십만 년 동안 영양 결핍으로 고생하던 인류가 이제는 영양 과잉으로 고통을 겪고 있다. 전 세계 다이어트 보조제로 쓰이는 돈의 일부만 말라리아 예방에 써도 수백만 명을 살릴 수 있다는 글을 어디선가 봤다. 우리는 너무 많이 먹는다. 덜 먹고 덜 쓰고 덜 버리는 것만이 인류의 지속 가능한 발전을 이끌어내는 해법이라고 나는 믿는다.

쓰고 보니 50만 원이면 돈이 남겠네? 예상보다 너무 적은데? 빠진 게 뭐가 있을까. 경조사비? 그래, 경조사는 챙겨야지. 예비비로 경조사비 항목을 따로 마련해놔야겠다. 치약, 칫솔, 비누 등이 떨어질 수 있으니 생필품비로 한 달에 만 원은 책정하자.

아! 잠깐만, 나 한 집안의 가장이었지? 생각해보니 내겐 책임져야 할 식구들이 있군. 아, 참을 수 없는 현실의 무거움이여!

• • •

그럼에도 불구하고
봄은 오고 꽃은 핀다.

내 바람은 단지 그뿐이다

문득 직업에 깊은 회의감이 밀려든 날, 아내에게 그동안 구상해
온 사업을 해보고 싶다는 말을 꺼냈다. 아내는 애들 다 클 때까지
만 참아달라고 했다.

당연하죠. 저도 그냥 답답해서 푸념한 거였어요. 애들이 자기 앞
가림할 때까지는 힘껏 달려봅시다. 인공위성도 정상 궤도에만 올
려놓으면 알아서 돌아간다죠? 우리도 애들 다 크면, 애들만 정상
궤도에 진입시켜놓으면, 소풍을 떠납시다. 걱정과 불안 한 줌 없
는, 시와 아름다움과 사랑과 낭만이 가득한 소풍을…. 당신이라면
내 기꺼이 히피 공동체에 가입시켜 드리리다.

프랑스의 철학자 라캉은 "인간은 타인의 욕망을 욕망한다."라고
했다. 내가 원해서 한다고 생각하는 행동 중 '사실은 내가 원하지
않는데 내가 원해서 하는 거라고 착각하는 행동'이 있다. 그것은
타인의 가치관이 투영된 것일 수도, 미디어에 의한 세뇌일 수도,
다른 사람의 취향이나 가치관을 내 것으로 착각해 일어나는 일일
수도 있다. 어디까지가 진짜 나의 욕망이고 어디서부터 타인의 욕
망인지 구분할 수 있어야 한다. 타인의 욕망과 나의 욕망만 구분할
줄 알아도 우리는 쉽게 행복에 닿을 수 있다.

이 사실을 30대 중반에 깨달은 후부터 내 인생의 기본 바탕색
이, 그 위에 어떤 그림을 그려도 웬만하면 이쁘게 보이는 파스텔톤
하늘색으로 바뀌었다.

내가 진정 갖고 싶다고 느끼는 것 중 내가 진짜 원해서 갖고 싶
은 게 얼마나 될까? 나는 그 물건이 갖고 싶은 걸까? '그 물건을 갖
고 있는 나'가 갖고 싶은 걸까? 정작 내가 갖고 싶었던 것은 나를
부러워하는 타인의 시선이 아닐까? 내 가치를 증명할 수 있는 방
법은 진정 소유물 밖에 없을까? 내 가치를 소유물로 증명해야 하
는 사회라면 그 사회가 잘못된 게 아닐까? 사람의 가치는 그 사람
이 속한 사회에 얼마만큼 기여하는가로 평가되어야 하지 않을까?

갑질하는 재벌보다는 폐지 모은 돈 1,000만 원을 몰래 기부한 할아버지가 더 높은 평가를 받는 사회가 더 건강한 사회 아닐까?

심리학자이자 철학자 에리히 프롬은 그의 저서 『소유냐 존재냐』에서 "현대인은 소유와 소비로 자신의 실체를 확인한다."라고 했다. 소유 양식이 사람들 간에 갈등과 소외를 낳고 사람조차 소유물로 보게 하여 결국 사람을 고립시킨다는 주장이다. 어디서 많이 본 모습 아닌가?

에리히 프롬은 우리 모두가 소유 양식이 아닌 존재 양식으로 살아가기를 바랐다. 여기서 존재 양식이란 삶에 대한 통찰과 경험을 통해 자신의 능력을 능동적으로 발휘함으로써 삶의 희열을 느끼는 것을 말한다. 당신에게 더 큰 행복을 가져다줬던 것은 소유 양식이었나? 존재 양식이었나?

몇 년 전, 대학교 후배로부터 손편지를 받았다. '형이 쓴 글을 보고 삶을 바라보는 시야가 더 넓어졌다'라는 내용과 함께 5만 원짜리 지폐가 담겨 있었다. 편지는 "5만 원짜리 지폐는 좋은 곳에 대신 기부해줘요."라는 문장으로 끝났다.

이 편지를 받았을 때의 감정을 표현하기에는 내 어휘력이 부족하다. 아마도 황홀하다는 표현이 가장 가까울 것이다. 내가 황홀했던 이유는 크게 두 가지였다. 하나는 내 글이 누군가의 생각에 변화를 가져왔다는 것, 또 하나는 이 후배는 내가 쓴 글이 거짓이 아님을 증명해줬다는 것이다.

서로가 서로를 힘들게 하는 세상이 아닌 서로가 서로에게 힘이 되어주는 세상에서 살고 싶다. 더 나은 세상을 만들려는 노력의 총합이 세상을 더 나쁜 쪽으로 몰고 가는 행위의 총합보다 큰 사회는 발전한다. 그때 비로소 역사는 진보한다. 더 나은 세상을 만드는 데 작은 힘이나마 보태고 싶다. 행여나 내 바람이 닿아 지금보다 살기 좋은 세상이 온다면, 그때 두 딸에게 말해주고 싶다.

"너희 이름에 담긴 뜻이 뭔지 아니? '단비'는 메마른 세상에 반가운 비를 내리라는 뜻이야. '가뭄에 단비'라는 속담처럼 모두가 바라는 존재가 되라는 뜻도 있지. '다온'은 단비가 내린 후 차가워진 세상에 따뜻한 온기를 전하라는 뜻이야. 그럴 수 있지? 아빠는 너희한테 조금이라도 더 나은 세상 물려주려고 나름의 최선을 다했단다. 이제 너희 차례야."

• • •
길가에 핀 꽃 한 송이에도
우리는 행복해질 수 있다.

늦었지만
끝난 게 아니라면

얼마 전 읽었던 책에 나왔던 퀴즈다. 당신도 한번 풀어보시라.

당신이 어떤 사람인지 알려주는 종이가 있다. 이 종이만 보면 당신의
사고방식, 행동, 성격, 식습관, 음주량, 취미, 독서량, 건강 상태, 인
간관계를 꿰뚫어볼 수 있다. 이 종이는 무엇일까?

답은 '신용카드 영수증'이다. 처음에는 고개를 갸우뚱했는데 가
만히 생각해보니 틀린 말이 아니다. 내가 어디에 돈을 썼는지 내역

만 봐도 나의 소비 패턴과 라이프 스타일을 알 수 있다. 어디를 주로 가는지, 어떤 음식을 좋아하는지, 일주일에 몇 번 술을 마시는지, 주로 어떤 곳에 돈을 쓰는지. 작은 종이 안에 참 많은 정보가 담겨 있다. 심지어 영수증 발행 장소를 보면 그 사람의 행동반경도 보인다.

신용카드 영수증만큼 유튜브 알고리즘도 그 사람에 대한 정보를 있는 그대로 드러낸다. 유튜브 알고리즘이 내 취향을 나보다 더 잘 안다 싶을 때도 있다. 유튜브에 아래와 같은 댓글이 심심치 않게 달리는 것을 보면 유튜브에 취향을 들켜버린 사람이 나뿐만은 아닌 듯하다.

"유튜브 알고리즘이 제 마음을 어찌 알았는지 저를 이곳으로 인도했습니다. 저는 오늘 여기에 눕겠습니다."

그러나 신용카드 영수증, 유튜브 알고리즘은 '지금의 나'는 객관적으로 드러내줄지 몰라도 '미래의 나'까지 그려주진 못한다. 당신에게 지금의 나뿐만 아니라 미래도 그려볼 수 있는 종이 한 장을 소개하고자 한다. 바로 죽기 전에 하고 싶은 것들을 적은 버킷리스트 Bucket list 다.

버킷리스트를 만들다

생애 처음으로 수면 내시경을 받던 날이었다. 처음 해보는 경험은 처음 해보는 생각을 불러오게 마련이다. 지금껏 불치병에 대한 생각은 해본 적이 없는데 막상 침대에 누워 있자니 별생각이 다 들었다. 급기야 상상 속 의사는 심각한 표정으로 차트를 보여주며 어렵게 입을 뗀다.

"어떻게 말씀드려야 할지 모르겠습니다. 살 수 있는 날이 얼마 남지 않으셨습니다."

상상만으로도 서늘한 기운이 온몸에 퍼졌다. 만에 하나 그런 일이 실제로 일어난다면 어떡하지? 그동안 해보고 싶었지만 여러 가지 핑계로 미뤄두었던 일들이 슬라이드 필름처럼 스쳐 지나갔다. 떠오르는 아쉬움을 머릿속에 저장해두었다가 집으로 돌아와 끄집어냈다. 그렇게 첫 버킷리스트를 써 내려갔다.

시간이 흐르고 삶의 여백에 다양한 그림이 채워지면서 버킷리스트도 하나둘 늘어갔다. 당분간은 더 이상 쓸 게 없겠구나 싶을 만큼 버킷리스트가 채워졌을 때, 아내에게 버킷리스트를 보여줬다. 특별한 뜻은 없었다. 버킷리스트를 한번 만들어봤는데 쓰다 보니 내 꿈들을 종이에 적는 것만으로도 행복해지더라고, 당신도 버킷리스트를 만들어보라는 뜻에서였다. 아내가 버킷리스트를 보더니 한마디했다.

"이거 그냥 딱 '정한빛'인데요?"

그도 그럴 것이 버킷리스트에는 지금 해나가고 있는 일, 앞으로 하고 싶은 일들이 모두 적혀 있었다. 나의 모든 욕망이 종이 한 장 안에 들어 있었다.

세상에서 가장 의미 있는 두 줄 긋기

버킷리스트에 있는 일들을 하나씩 해낼 때마다 그 위에 두 줄을 긋고 사진, 날짜, 장소를 채워 넣었다. 버킷리스트 달성을 축하하는 나만의 의식이었다. 두 줄 긋기, 이 단순한 행동 하나가 삶에 활력을 불어넣고 삶에 소소한 재미를 선물했다. 때로는 내가 언제 어디서 무엇을 했는지 알려주는 책갈피가, 가끔 길을 잃었을 때에는 어디로 가야 할지 방향을 알려주는 나침반이 되어 주었다. 종이 한 장과 펜 하나만 있으면 된다. 그리고 스스로에게 묻기만 하면 된다.

"너 죽기 전에 뭐하고 싶어?"

버킷리스트를 만들 때 가장 중요한 건 냉철한 자기 객관화다. '남에게 보여주고 싶은 나'가 아닌 '진짜 나'의 욕망을 차가운 눈으로 바라볼 수 있어야 한다. 눈을 감고 떠올려보자. 내가 가장 하고 싶은 것은 무엇일까? 가고 싶은 곳, 만나고 싶은 사람, 해보고 싶은 행동, 그 어떤 것도 좋다. 떠오르는 것들을 적어나가면 된다. 몇 개밖에 생각나는 게 없다면 잠시 덮어두었다가 다음에 생각날 때 추가하자.

버킷리스트를 써보라고 하면 많은 사람이 어려움을 느낀다. 자신이 무엇을 하고 싶은지 모르는 사람이 그만큼 많다는 얘기다. 그렇다고 자책할 필요는 없다. 우리가 언제 한번 '나는 무엇을 좋아하는가?', '뭘 할 때 행복한 사람인가?'라고 질문해볼 겨를이나 있었나? 지금 당장, 스스로에게 무엇을 할 때 행복한지 질문해보자. "그래도 모르겠어요."라고 답할 확률, 최소 51퍼센트다. 나도 처음엔 그랬다. 일단 궁금한 세계가 생기면 발부터 담가보자. 그러다 보면 얻어걸리는 게 있다.

그래도 도무지 죽기 전에 해보고 싶은 일이 떠오르지 않는다면 조용히 눈을 감고 시한부 판정을 받았다고 상상해보자. 내가 불치병에 걸려 몇 개월 후 세상을 떠나야 한다면 뭐가 가장 아쉬울까? 살날이 얼마 안 남은 마당에 어제 다 못 먹은 술이, 배가 불러서 남긴 음식이 아쉽지는 않을 것이다. 진지하게 상황에 감정이입을 해보고 떠오르는 것을 하나둘 적어보자. 사소한 것부터 가능한 한 구체적으로 적자. 그다음 해야 할 일은? 그것들을 하나둘 실천하면 된다.

시한부 인생도 아닌데 왜 꿈을 꾸지 않는가

〈뚜르〉라는 다큐멘터리 영화가 있다. 스물여섯 꽃다운 나이에 희귀 암 말기 판정을 받은 고(故) 이윤혁의 실화를 다룬 영화다. 내 나이 스물여섯에 저런 청천벽력 같은 소식을 들었다면 아마도 나는 그 자리에서 무너져 다시는 일어서지 못했을 것이다. 그러나 이윤혁은 강한 청년이었다. 상심하긴 했지만 무너지지 않았다. 그에게는 죽기 전에 반드시 해내고 싶은 꿈이 있었기 때문이다.

이윤혁은 의사의 만류에도 불구하고 자전거 하나 들쳐 메고 프랑스로 떠난다. '뚜르 드 프랑스(매년 7월 약 3주간 프랑스 전역과 인접 국가를 일주하는 도로 일주 사이클 대회. 지옥의 레이스로도 불림) 완주'라는 꿈을 이루기 위해서다. 소식을 듣고 그의 마지막 꿈을 응원하고자 여러 사람이 동행한다. 옆에서 함께 달리며 힘을 북돋아줄 페이스메이커, 코스를 안내해줄 현지 가이드, 자전거가 고장 났을 때 수리해줄 자전거 정비사, 만일의 사태를 대비해 응급처치를 해줄 의사 등 '꿈 원정대'가 조직되었다. 그리고 마침내 한국인 최초로 뚜르 드 프랑스 완주에 성공한다.

그가 뚜르 드 프랑스의 결승점인 개선문을 도는 장면에서는 눈물 한 방울이 또르르 흘러내렸다. 그렇게 한참을 울었다. 영화 엔딩 크레디트가 올라가는데도 일어날 수 없었다. 자꾸 뒤에서 이윤혁이 꾸짖는 것만 같았다. 당신은 시한부 인생도 아닌데 왜 꿈을 꾸지 않느냐고.

영화의 여운이 가시지 않았는지 며칠 후 영화 같은 꿈을 꿨다. 의사로부터 시한부 선고를 받는 꿈이었다. 전형적인 악몽의 서사를 갖춘, 너무도 생생한 꿈이었다. 꿈속의 나는 시한부를 선고받자마자 버킷리스트를 꺼내 남은 생에 내가 해낼 수 있는 일을 체크했다. 구체적으로 말하자면 '볼리비아 우유니 소금사막 가보기' 항목에 체크했다.

정한빛 버킷리스트

2022.01.

* 빨간색 글자는 2022년 현재 이룬 것이다. 실제 버킷리스트에는 두 줄을 긋고 사진을 첨부했지만 여기서는 생략한다.

1 스카이다이빙(2013년 2월 7일, 시드니, 호주)
2 해외 락 페스티벌 가보기(2013년 1월 26일, 시드니, 호주)
3 안나푸르나 베이스캠프(ABC) 트레킹
4 스쿠버다이빙 in 그레이트배리어리프(2013년 8월, 케언즈, 호주)
5 겨울 지리산 종주(2014년 2월 22~24일, 지리산 천왕봉)
6 남미 배낭여행(페루-볼리비아-칠레-아르헨티나-브라질)
7 일정 연수에서 강의하기(2014년 8월 19일, 탐라교육원)
8 해파리 호수에서 스노클링(2016년 1월 24일, 팔라우)
9 고래상어와 수영하기(2015년 1월 7일, 릴로안, 필리핀)
10 카미노 데 산티아고(생장-산티아고대성당) 완주
11 제주도 한 바퀴 올레 코스(1~21코스) 완주(2013년 3월 4일, 종달리 21코스 종점)
12 FC 바르셀로나 경기 직관
13 기타로 김광석 노래 연주하며 노래 부르기
14 대안 언론사 지속적 후원(2012년~)
15 자전거로 제주도 한 바퀴 하루 안에 일주(2018년, 제주)
16 스쿠터 전국 일주(서해, 남해, 동해)
17 소득 수준에 맞지 않는 기부 해보기
18 2세 만들기(2014.07.09. / 2017.01.25.)
19 국제 결연아동 지속적으로 후원하기
20 제주 오름 100개 이상 오르기
21 우리나라 국립공원 모두 가보기
22 하늘의 별 보며 잠들기(2012년 10월 15일, 울룰루, 호주)
23 세계 6대륙 모두 밟아보기
24 그랜드 캐니언 트레킹
25 RSM 대회 직관
26 규슈 스쿠터 투어 with 베스파
27 일몰 in 바간(2015년 8월 16일, 바간, 미얀마)
28 미드 자막 없이 보기(영어 실력 늘리기)

29 가족과 함께 뉴질랜드 캠핑카 투어
30 여행 가이드 해보기(2022년 1월 14일, 제주)
31 급류 래프팅 해보기(2013년 8월 11일, 케언즈, 호주)
32 아프리카 사파리 투어(세렝게티)
33 세계 3대 폭포(이과수,빅토리아,나이아가라) 모두가보기
34 패러글라이딩 해보기
35 우유니 소금 사막에서 거울 반영 사진 찍기
36 은퇴 후 개발도상국 봉사활동
37 내가 잘못한 사람에게 진심으로 용서받기
38 늘 베푸는 데 인색하지 않기
39 내 이름으로 책 출간하기(2018년, 2022년)
40 배드민턴 대회 입상하기(A조)
41 세상의 끝 가보기(우수아이아, 케이프타운)
42 실제 나이보다 어려 보이기(건강 관리)
43 베스파 타고 여행 다니기(2015년~)
44 유럽 자전거 종주
45 바오밥 나무 배경으로 일몰 사진 찍기
46 라스베가스 태양의 서커스 보기
47 마당 있는 단독주택 살아보기
48 메탈리카 공연 보기(2017년 1월, 서울)
49 체중 70kg 초반 유지하기
50 오로라 사진 찍기
51 여행 작가 되기
52 누군가의 가장 존경하는 인물 되기
53 자녀를 부모에 의지하지 않는 독립적인 아이로 키우기
54 갈라파고스 제도 & 이스터 섬 투어
55 인도 북부 여행(라다크 포함)
56 자전거 전국 일주(인천-부산)
57 내장산 가을 단풍 산행

58 1년에 한 번은 백록담 다녀오기

59 파도치는 날엔 서핑 다니기

60 최소 한 달에 한 번은 도서관 가기

61 주기적으로 가족과 캠핑 다니기

62 만타 가오리와의 만남

63 홍해 스쿠버다이빙(다합 or 후르가다)

64 라오스 자전거 일주

65 2종 소형 면허 취득(250cc 이상 바이크 운전해보기)

66 대한민국 현대사 전문가 되기

67 TV 없이 살기(2012년~)

68 개발도상국 여행할 때 현지인들에게 추억 남겨주기(폴라로
    이드 사진 찍고 선물로 주기)

69 마라톤 풀코스 완주(2015년 3월 29일, 제주)

70 아이슬란드 자전거 캠핑 여행

71 반려동물 키워보기

72 국제 재난구호 활동해보기

73 소록도 봉사활동 with 가족

74 스쿠버다이빙 in 시파단

75 여행사 '날마다 소풍' 경영(수익 1/10 기부)

76 스리랑카 서핑 투어

77 카약 타고 섬 투어(2017년 8월, 비양도&차귀도)

78 사람들에게 알려지지 않은 캠핑 사이트 개척

79 무인도에서 1박 2일

80 클라이밍 배우기

81 유라시아 횡단 with 베스파

82 아프리카 일주 배낭여행

83 패들보드 타고 제주도 한 바퀴 일주

84 미국 서부 렌터카 여행

85 로얄 엔필드 컨티넨탈 소유주 되기

86 캠핑카에서 살아보기

87 유언장 미리 쓰기(2018년 2월, 집)

88 한반도 해안 걸어서 일주(서해, 남해, 동해)

.

.

.

.

.

.

.

.

.

.

죽는 순간에 후회 없이 떠나기(반드시 웃으며 떠날 것)

스카이다이빙

오늘이 내 생애
마지막 날인 것처럼

프로펠러 비행기를 타고 어딘가로 향하는 중이다. 어디로 가는
지는 나도 모른다. 다른 비행기를 탔을 때와 다른 점이 있다면 몇
분 후에 이 비행기에서 뛰어내려야 한다는 사실이다. 나는 지금 스
카이다이빙을 하려고 하늘 위로 향하고 있다. 놀이기구 타는 것도
꺼리는 사람이 스카이다이빙이라니···. 그래도 한번 해보고 싶었
다. 하늘을 나는 느낌이 궁금했다.

미루고 미루다가 호주 워킹홀리데이를 마치고 귀국하기 일주일
전에 거사(?)를 결행했다. 시드니의 스카이다이빙 업체를 제 발로

찾아갔다. 체험비를 결제하자마자 내 목숨을 책임질 다이빙 강사가 왔다. 지체할 새 없이 바로 비행기에 탑승했다.

경험 많은 스카이다이빙 강사가 내 뒤에 바짝 붙어 있고, 낙하산이 펴지지 않았을 때를 대비한 보조 낙하산까지 있으며, 사고 날 확률이 2백만 분의 1이라는데 왜 겁이 나는 걸까? 사고 날 확률이 제로는 아니기 때문이다. 그렇다고 이제 와서 뛰어내리지 않을 수도 없다. 옆을 보니 혼자 뛰어내리는 다이버들이 웃음 띤 얼굴로 서로에게 행운을 빌어준다. 그래, 나도 눈 딱 감고 뛰어내리는 거다.

비행기 해치가 열린다. 먼저 '선수'들 차례다. 해치가 열리자마자 1초의 주저함도 없이 하늘을 향해 점프한다. 너무 멋있다. 넋을 잃고 보다 보니 어느덧 내 차례다. 두근두근, 심장이 쿵쾅대는 소리가 내 귀까지 전해지는 듯하다. 비행기 해치로 천천히 이동한다. 나 다음으로 뛰어내릴 아내의 얼굴이 보인다. 만감이 교차한다.

지금 이게 마지막이 아니라는 걸 아는데, 당연히 어떤 사고도 일어나지 않을 거라는 걸 아는데, 만약, 만에 하나, 이 순간이 마지막이면 어떡하지? 아주 운 없게도 2백만 분의 1의 확률로 그런 일이 일어난다면 내 마지막 모습은 어떻게 기억될까? 애써 웃는다. 이제 낙하산이 펴지지 않는다 해도 아내가 보는 내 마지막 모습은 웃는 모습일 것이라고 생각하니 마음이 편해진다.

　그러고 보니 왜 평소에는 지금 이 순간이 마지막일 수 있다는 생각을 하지 않고 살았을까? 삶이 언제 끝날지 모르는데 왜 그동안 내일이 찾아오는 게 당연하다고 여기며 살아온 걸까? 매 순간, 지금 이 순간이 마지막이라고 생각했다면 순간순간을 소중히 여기며 살았을 텐데…. 무사히 땅을 밟는다면, 지금 이 순간이 마지막인 것처럼 세상을 살아가리라.

　비행기 해치로 이동하는 몇 초 사이에 다양한 층위의 감정이 내 마음을 휩쓸고 지나갔다. 어느새 나는 비행기 끝에 걸터앉아 있다. 오늘따라 바람이 시원하다. 눈을 감아야 하나 떠야 하나 고민하는 사이, 내 눈앞에 비행기가 보인다. '난 조금 전까지 비행기에 걸터앉아 있었는데, 왜 비행기가 보이지?' 하는 찰나, 이번엔 땅이 보인다. 그새 공중에서 한 바퀴를 돌고 떨어진 것이다. 뛰면 뛴다고 말이라도 해주지….

　어쨌거나 중요한 것은 내가 지금 시속 190km의 속도로, 랜디 존슨의 강속구보다 빠른 속도로, 하늘을 날고 있다는 사실이다. 신기하게도 속도감이 전혀 느껴지지 않는다. 마치 공중에 무중력 상태로 떠 있는데 시원한 바람이 아래에서부터 불어오는 느낌이랄까. 땅이 점점 가까워져 오는 것으로 내가 추락하고 있음을 실감할 뿐이다.

나도 모르게 소리를 질렀다. 그만큼 신났다. 이제 비로소 스카이다이버들이 하늘을 나는 이유를 알 것 같다. 인생에서 가장 짜릿한 40여 초의 시간이 지나고 낙하산이 펴진다. 땅에 두 발을 딛고 나서도 여운이 길게 남는다. 낙하산이 펴졌다는 안도의 한숨과 좀 더 하늘을 날고 싶다는 아쉬움이 교차한다. 땅에 닿자마자 한 번 더 타기 위해 업체로 달려가는 사람들의 심정이 절로 이해된다.

가끔 삶에 시원한 바람을 불어넣고 싶을 때, 스카이다이빙 직전 비행기 해치에 걸터앉았을 때를 떠올린다. 극한의 두려움도 덮어버린 그때의 마음이라면, 세상 못할 게 없다.

2장

밴 라이프를 하고서야
비로소 알았어요

채식이 내게 가져다준 것

　캠핑카에 산다고 하면 자주 듣는 질문 3개가 있다. "화장실은 어떻게 해결해?", "전기는 어떻게 써?", "요리는 어떻게 해? 냉장고도 안 쓴다며?" 그럼 나는 이렇게 답한다.

　"(공중 화장실을 가리키며) 화장실은 저기 있고, 전기는 거의 안 쓴다고 보면 돼. (싱크대에 있는 그릇, 젓가락, 양상추를 가리키며) 식사는 이걸로!"

때때로 채식주의자

난 캠핑카 안에서만큼은 채식주의자다. 바깥세상에서 사람들 만날 때는 고기도 엄청 먹는다. 채식주의자에 나 같은 사람을 분류하는 카테고리는 따로 없더라. 그래서 '혼자 살 때만 채식주의자'라고 내 맘대로 카테고리를 만들었다.

어느 날 도서관에 빌린 2권의 책을 읽고 채식의 필요성을 생각하게 됐다. 『동물들의 소송』과 『우리가 먹고 사랑하고 혐오하는 동물들』이라는 책이다. 제목과 표지가 독특해서 가벼운 마음으로 첫 장을 넘겼는데, 읽는 동안 내내 마음이 불편했다. 그런데도 책을 놓을 수 없었다. 책을 다 읽었을 때는 작가의 '팩트 폭행'으로 뼈를 너무 맞아서 심리적 연체동물이 되고 말았다. 내가 할 수 있는 것이라곤 자기 합리화뿐이었다. "당신 말이 다 맞는데요. 그 맛을 어찌 포기합니까."

시간이 흐르며 점차 생각이 바뀌었다. 내가 지구라는 별을 잠시 스쳐간다는 게 어떤 의미일까 생각하는 시간도 늘었다. 사는 동안 나의 미각적 쾌락 때문에 희생된 동물의 숫자는 몇 마리나 될까, 살면 살수록 죄만 늘리고 있다는 생각도 들었다. 코로나 바이러스로 인해 동물들이 살 만해졌다는 기사에는 이런 댓글도 달려 있더라. "지구에게는 인간이 바이러스고, 코로나 바이러스가 백신이다." 또 뼈를 맞았다.

전부는 아니더라도 채식 식단 위주로

신념과 욕망이 부딪히면 마음속에 불편함이 생긴다. 이럴 때는 둘 중 하나를 선택해야 한다. 신념을 수정하거나, 욕망을 줄이거나. 나는 욕망을 줄여 신념을 현실과 타협시켰다.

'지구의 쓰레기를 모두 없앨 수는 없지만 내 집 앞 골목길 쓰레기를 주울 수는 있지. 당장 모든 식단을 채식으로 바꾸지는 못해도 조금씩 채식 비중을 늘릴 수는 있어.'

저녁 메뉴를 샐러드로 바꾸는 것부터 시작했다. 처음에는 솔직히 드레싱 맛으로 먹었다. 회가 초장 맛이듯, 샐러드는 드레싱 맛이다. 지겨워질 만하면 드레싱과 채소의 조합을 바꿨다. 금세 질릴 줄 알았는데 의외로 질리지 않았다. 놀라운 변화가 일어났다. 1주일 만에 몸무게가 빠지기 시작한 것이다.

나는 4.2kg의 우량아로 태어나서 '씨름 시키면 천하장사 감'이라며 동네 사람들의 기대를 한 몸에 받았다고 한다. 어머니 말로는 하루에 가나 초콜릿 한 박스를 다 먹었다고 한다. 하나가 아니라

한 박스다. 내 치아가 여태 멀쩡한 게 신기할 따름이다.

그렇게 어린 시절을 지방층에 파묻혀 살다가, 커가면서 정상 체중이 되었다. 대신 몸이 어릴 때의 몸무게를 기억하는지 지금도 방심하면 금방 살이 찐다. 3일이라도 운동을 쉬면 바로 2~3kg이 찌는 비운의 몸을 타고났다. 그나마 신이 나를 버리지 않았다는 증거가 있다면, 열심히 운동하면 금세 또 살이 빠진다는 것이다. 그렇게 '찌면 운동해서 빼고, 또 찌면 운동해서 빼고'를 반복하며 살아왔다. 그런데 30대 중반부터는 몸무게가 상승일변도다.

운동을 멈춘 것도 아닌데 도대체 뭐가 문제일까? 가장 큰 문제는 운동의 강도와 횟수를 늘려도 체중이 유지될 뿐 빠지지는 않는다는 것이다. 심지어 마라톤 풀코스 뛰어보겠다고 한 달간 맹훈련을 했을 때도 살은 안 빠졌다. 몇 달 전에는 하루 100km 걷기에 도전했는데 기어이 100km를 찍고 돌아와서 몸무게를 재보고는 눈을 의심했다. 21시간 동안 쉬지 않고 100km를 걸었는데 몸무게가 늘어나다니! 인터넷에서 찾아보니 나이가 들수록 기초대사량이 낮아져서 생기는 자연스러운 현상이란다.

그랬던 몸무게가 채식을 시작하고 한 달 만에 3kg이 빠졌다. 무려 10년 만의 체중 변화다. 사람들이 먼저 변화를 감지했다. 얼마

전 후배 결혼식에서 만난 지인은 내게 진지하게 말했다. "무슨 힘든 일 있었어? 얼굴이 헬쑥해졌네."

채식을 하니 일단 위가 줄어든 게 느껴졌다. 전보다 훨씬 적게 먹는데도 포만감이 들었다. 채소류는 소화가 잘되니 피로감도 덜했다. 식비도 대폭 절감됐다. 무엇보다도 채식의 가장 큰 장점은 설거지가 편하다는 것이다. 나 같은 귀차니스트에게 설거지가 편하다는 것은 하늘이 내린 축복이다.

미국의 사회경제학자 제레미 리프킨$^{Jeremy Rifkin}$은 『육식의 종말』에서 축산업이 가져오는 다양한 폐해를 막기 위해 인류는 육식을 중단해야 한다고 주장했다. 러프킨 박사의 주장에는 큰 결함이 있다. 채식의 가장 큰 장점이 빠졌다. 리프킨 박사, 『육식의 종말』 개정판을 쓰게 된다면 '채식은 설거지가 편하다'라는 장점을 꼭 추가해주길 바랍니다.

요즘, 사는 게 거의 〈나는 자연인이다〉 수준이다. 채식, 새소리 들으며 일어나기, 시냇물 소리 들으며 자기, 별 보며 멍 때리기, 탈원전. 가끔은 삶의 아름다움에 사무쳐 눈물이 날 때도 있다. 언젠가 오늘이 그리워질 날이 올 것 같다.

...
흔들릴지언정
쓰러지지 말자.

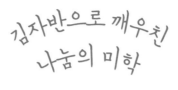

김자반으로 깨우친 나눔의 미학

　세상에 먹어도 먹어도 질리지 않는 음식이란 게 있을까? 내게는 한때 그런 음식이 있었다. 성은 김이요, 이름은 자반. 이름부터 다소곳한 김자반 씨와의 첫만남은 Y형의 자취방에서 이루어졌다.

　"형, 배고프지 않아요? 집에 간단히 먹을 거 없어요? 라면이라도 있으면 제가 끓일게요."

　형의 주머니 사정을 알았던 나는 차마 나가서 먹자는 말은 못하고 '간단히'에 방점을 찍어 가난한 자취생의 곳간을 탐하는 미안함을 덜고자 했다.

"잠깐만 기다려봐."

전자레인지로 햇반 돌리는 소리가 들렸고, 잠시 후 형은 햇반과 함께 봉지 하나를 들고 왔다. 처음 본 음식이었다. 그게 무엇이냐고 묻자 형이 말했다.

"김자반 안 먹어봤어? 밥에 뿌려서 먹어봐. 라면 끓이기도 귀찮을 땐 이것만한 게 없어."

김자반을 한 숟갈 떠서 찰진 흰 쌀밥에 뿌려 입에 넣었다. 그 순간, 내 미각 중추에서는 '새 음식 맞이 미각세포 대환장파티'가 열렸다. 듣도 보도 맛보도 못했던 맛이었다. 아삭아삭한 식감, 바삭바삭한 ASMR, 달콤 짭쪼름한 끝 맛까지…. 남해 바다 특유의 짠내가 햇빛의 온기를 가득 머금은 바닷바람에 실려 오는 듯했다. 이렇게 맛있는 것을 왜 이제야 먹었을까? 혹시 남이 차려줘서 맛있나? 아니면 배고파서? 뜨거운 감정을 배제하고 차가운 감각으로 맛을 음미해봤다.

온 신경을 미각 중추에 집중해서 한입 더 먹어봤다. 첫 느낌이 틀리지 않았다. 단짠(단맛과 짠맛)의 조화를 넘어 땅(쌀)과 바다(김)의 대화합이었다. '감칠맛이 다섯 가지 기본 맛에 해당되는가'의 오랜 논쟁에 종지부를 찍을 수 있을 것 같은 그런 맛이었다. 감칠

맛은 단맛도, 신맛도, 쓴맛, 짠맛도 아니지만 맛있는 맛이라던데, 김자반에는 분명 오묘한 뭔가가 있었다. 난 금세라도 눈물을 흘릴 듯한 얼굴이 되어 형에게 말했다.

"형, 고마워요. 이런 음식이 있다는 걸 알려줘서."

집으로 돌아오는 길에 김자반을 다섯 봉지 사서 그날부터 아침, 점심, 저녁 반찬으로 김자반만 먹었다. 이런 감칠맛이라면 먹어도 먹어도 질리지 않을 것 같았다. 실제로도 그랬다. 셋째 날까지는…. 넷째 날, 먹어도 먹어도 질리지 않는 음식이란 존재하지 않음을 깨달았다.

하긴 먹어도 먹어도 질리지 않고 맛있는 음식이 있다면 특히 그 음식이 김자반 같은 채식이라면, 그 음식은 노벨평화상을 받아 마땅하다. 지구상 모든 사람이 김자반의 환상적인 맛에 빠져 한 달 동안 김자반만 먹는다고 상상해보라. 지구상 가축 몇 마리의 생명을 구할 수 있을까? 지구 온실가스의 몇 퍼센트를 감축할 수 있을까?

나는 여전히 김자반이 맛있고 이런 음식은 또 없다며 감탄하곤 하지만, 먹어도 먹어도 질리지 않는 음식은 존재하지 않는다. 나중에 '한계효용 체감의 법칙'이라는 경제학 용어를 알게 된 후 많이 먹을수록 음식이 질리는 이유를 이해하게 됐다.

한계효용 체감의 법칙이란 일정 기간 소비되는 재화의 수량이 증가할수록 그 재화의 추가분에서 얻는 한계효용은 점점 줄어든다는 법칙이다. 너무 배가 고파서 빵을 열 개 샀다고 하자. 언제가 가장 맛있을까? 당연히 처음 먹는 빵이다. 조금씩 배가 부르기 시작하면 뒤로 갈수록 맛이 없어진다.

김자반을 나흘 연속 먹다가 질려버린 일도 한계효용 체감의 법칙으로 설명할 수 있다. 지금 당장 세계 김자반 요리 경연대회를 열어 1위를 수상한 김자반 요리를 내게 가져다준다 해도 그날 자취하는 형의 집에서 먹었던 '첫 김자반'의 맛을 따라올 수는 없을 것이다. 그날의 김자반 맛을 능가하는 김자반 요리가 나올지라도 여러 번 먹다 보면 질릴 수밖에 없다.

그렇다면 김자반을 어떻게 먹어야 가장 맛있게 먹을 수 있을까? 가끔 먹되, 먹을 때 함께, 적당히 나누어 먹으면 된다. 김자반을 한 봉지 샀다고 치자. 혼자 먹을 때, 첫술에 느끼는 만족도를 100이라고 하면 두 번째 숟가락에는 만족도가 90, 세 번째 숟가락에는 80…, 이런 식으로 맛의 만족도가 떨어진다. 이 김자반을 10명이 나눠 먹으면? 한 숟가락씩 먹더라도 모두 100의 만족도를 느낄 수 있다. 이게 바로 나눔의 미학이다. 우리 한식에는 이런 나눔의 미학이 있다.

그러고 보니 한식에서 발견한 나눔의 미학을 내 좌우명에 적용해 한식 캐치프레이즈로 활용하면 딱 좋겠다 싶다. 내 좌우명은 'Happiness is only real when shared(행복은 나눌 때만 현실이 된다).'니까, 이렇게 바꿔보면 어떨까. Kimjaban is only real when shared(김자반은 나눌 때만 현실이 된다).

그건 네가 덜 피곤해서야

지금이야 하루 3잔 이상 마시지 않으면 허전할 정도로 커피를 좋아하지만, 10년 전만 해도 커피는 입에 대지도 않았다. 커피를 한 잔만 마셔도 잠이 안 와서 그랬다. 그러던 내가 지금처럼 커피를 즐기게 된 것은 호주 워킹홀리데이에서 만난 '그분'의 역할이 컸다.

내 나이 서른하나, 워킹홀리데이 막차를 타고 호주로 떠났다. 그때도 지금처럼 무한 긍정 마인드로 무장한 나는, 3개월짜리 어학원 코스부터 등록했다. 3개월 동안 영어공부를 하고 나머지 9개월은 오지 잡(호주 현지인과 일하는 일자리. 시급이 한인 잡에 비해 훨씬 높다)

을 얻어 돈과 영어, 두 마리 토끼를 잡을 심산이었다. 그러나 12년의 정규 교육과정 동안 입에 붙지 않던 영어가 3개월 만에 늘 리가 있나? 불과 한 달 만에 언어장벽 앞에서 무릎 꿇고 말았다.

수수료를 떼이더라도 한국인 사장 밑에서 할 수 있는 일자리를 구하기로 했다. 다행히 시급을 받으며 할 수 있는 아르바이트 자리가 많았다. 청소, 주방보조, 공사장 잡부 등 주로 3D업종이었지만 일을 가릴 처지가 아니었다. 호주에서 가장 구하기 쉬운 청소 아르바이트를 시작했다.

커피 마시는 즐거움을 알게 된 것은 청소 일을 하다 만난 사연 많은 아저씨 덕분이다. 워낙 짧은 만남이라 이름을 칭하기도 그렇지만 일단 주말 학교 청소 사장님(이라 쓰고 아저씨라 부른다)으로 해두자.

아저씨는 전형적인 '사람은 좋으나 일에는 타협이 없는 사람'이었다. 잠시 쉴 때면 자신의 한 많은 인생사를 들려주는 마음씨 좋은 동네 아저씨 같다가도 일할 때는 바로 욕쟁이 할배로 돌변했다. 어느 쪽이 진짜 아저씨 모습일까 궁금해하며 눈치 보던 어느 날, 쉬는 시간 15분간 인자해질 예정인 아저씨가 말했다.

"힘들지? 믹스커피 한잔해. 담배도 한 대 피고."

"죄송하지만 담배는 안 피우고요. 커피는 마시면 잠이 안 와서…. 그냥 앉아서 쉴게요."

내 말에 이어진 아저씨의 대꾸가 날 커피 마니아로 만들었다.

"네가 커피를 마시고 잠이 안 오는 건 말이지, 덜 피곤해서야."

이분 혹시 현자? 생각의 패러다임을 이렇게 바꾸다니! 왠지 맞는 말 같았다.

"하하하. 진짜 그런 걸까요? 한 잔 주세요. 아저씨 말이 맞는지 확인해볼게요."

결론적으로 아저씨 말이 맞았다. 그날 일이 얼마나 힘들었던지 커피를 마셨는데도 밤에 잠이 잘 왔다. 그 아저씨가 아니었다면 난 지금도 커피 맛을 모르고 살았겠지?

이후로 나는 '할까, 말까?' 싶으면 일단 해본다(대신 '살까, 말까?' 싶을 때는 안 산다). 그래야 후회가 없다. 내가 '캠핑카에서 살아볼까, 말까?' 했을 때, '에이, 별거 있겠어?' 하고 말았다면 나는 지금 어떤 삶을 살고 있을까? 단언컨대 지금보다는 재미없는 삶을 살고 있을 것이다. 가능한 한 다양한 경험을, 가능한 한 이른 나이에 해보자. 어차피 인생은 한 번뿐이고 언제 어떻게 끝날지 아무도 모른다. 인생의 끝에 "내가 살고 싶었던 삶은 이게 아닌데….."라고 말하는 것만큼 큰 비극도 없다.

...
산을 좋아합니다.
바다도 좋아합니다.
둘 다 있으면 더 좋습니다.

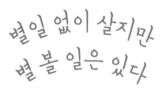

내 몸 안에 자명종 시계가 달린 듯, 잠에서 깨는 시각이 일정해졌다. 내가 눈뜨는 시각은 새벽 3시, 아침 6시, 아침 7시 50분 중 하나다.

AM 3:00

캠핑카에 살면서부터 일주일에 한두 번은 새벽 3시에 눈뜬다. 오늘따라 너무 일찍 깼다 싶어 시계를 확인하면 항상 새벽 3시다. 이쯤 되면 '잠의 공식'이라 이름 붙여도 될 듯하다. 도대체 이유가 뭘까? 새벽 3시에 일어날 때의 공통점을 찾아낸 후에야 잠의 공식을 풀 수 있었다. 잘 때 입는 옷의 두께와 새벽 3시에 깰 확률은 반비례한다. 즉, 옷을 얇게 입고 자면 새벽 3시에 깰 확률이 높아진다.

콘크리트 벽이 외부의 열을 차단해주는 집과 달리 캠핑카는 몇 밀리미터 두께의 철판과 단열재가 전부다. 그래서 옷을 따뜻하게 입고 자야 하는데 옷 껴입는 게 귀찮아 얇은 옷만 입고 잠들 때가 있다. 이런 날은 어김없이 새벽 3시에 깬다. 캠핑카에서 처음 잤던 날도 새벽 3시에 깼다.

잠에서 깬 김에 바람이나 쐬자며 문을 열어젖힌 순간, 밤하늘에 쏟아지던 별을 잊을 수 없다. 칠흑 같은 암흑 속에서 선연히 빛나던 별들을 보며 나는 잠시 황홀했다. 온 세상이 가장 어두운 시간에 별은 가장 밝게 빛났다. 새벽 3시에도 달빛은 환했다. 달빛만으로도 단번에 알아볼 수 있는 누군가가 여럿 있다는 생각에 잠시 설레었다. 그날의 기억 때문에 새벽 3시에 깨는 날에는 일부러라도 창밖을 바라보고 다시 잠을 청하곤 한다. 별일 없이 살지만 가끔 이렇게 별 볼 일은 있어서, 새벽 3시에 잠에서 깨도 기분이 좋다.

AM 6:00

내 집(캠핑카) 옆에는 시냇물이 흐르고, 냇가 옆에는 숲이 있다. 평소에는 새가 보이지 않는데 아침 6시만 되면 새들의 떼창이 숲을 가득 메운다. 새들도 밤에는 자다가 아침에 깨나 보다.

자연의 속살로 걸어 들어가 그 안에서 일어나는 일을 몰래 엿보는 일은 늘 짜릿하다. 잃어버린 몸의 감각도 하나둘 회복되는 느낌이다. 이젠 시냇물 소리만 듣고도 날씨를 예측할 수 있는 경지에 이르렀다. 비가 오는 날에는 시냇물이 불어나 시냇물 소리가 훨씬 크고 경쾌하게 울려서 창문을 열기도 전에 밖에 비가 내림을 알 수 있다.

이렇게 오감을 활용해 산다는 게 자랑이라면 자랑이다. 시냇물 소리를 들으며 잠들고, 새소리를 들으며 일어난다(청각). 가끔 날씨가 춥게 느껴져(촉각) 일찍 일어나는 날에는 밤하늘의 별을 바라보며 '별멍'을 한다(시각). 채식 지향 식단으로 미각세포도 살아나고 있다(미각). 오감 중 후각만 남았다. 가끔 내 집 열린 창문 틈 사이로 꽃향기가 새어 들어온다면 더 바랄 게 없겠다.

AM 7:50

세상살이에 찌들어 몸이 지쳐버린 날에는 새소리가 들리지 않는다. 새는 늘 아침 6시에 날 깨우는데 피곤한 나는 그 소리를 듣지 못한다. 이럴 때 날 깨우는 것은 휴대폰 알람이다. 알람을 듣고 깨어나는 기분이 좋을 리 없다. 더 자고 싶어도 알람에 억지로 몸을 일으켜야 하는 운명의 굴레는 언제쯤 벗어던질 수 있을까.

그래도 집 문을 열고 나가면 늘 한결같은 풍경이 펼쳐진다는 점은 위안이 된다. 여기서 한결같다는 건 '한결같이 똑같은 모습을 보여준다'라는 의미가 아니라 '한결같이, 볼 때마다 다른 모습을 보여준다'라는 의미다. 비슷해 보여도 자세히 보면 다르다. 하늘의 색, 구름의 모양, 바다의 빛깔이 다르다. 이 모두마저 어제와 비슷해 보이는 날에는 배라도 지나가더라.

얼마 전 읽다가 너무 어려워 덮어버린 철학책에는 이런 구절이 있었다. "어제와 다르지 않은 오늘이라면 철학에서는 시간이 흘렀다고 하지 않는다." 철학의 관점에서 보면 내 시간은 분명 흘러가고 있다. 어제와 다른 오늘을 살고 있으니까. 내일도 흘러갈 것이다. 내일은 오늘과 다른 삶을 살아갈 테니까.

날씨가 점점 더워진다. 본격적인 여름이 시작되면 해발고도를 높여 산으로 올라갈 계획이다. 그때까지는 여기 이 자리에서 자연의 선물을 마음 가득 담아가련다.

썩은 섬이라 불리기에는
너는 너무 아름다워.

타고난 모험 DNA

    내 삶은 모험이라는 단어를 빼고는 설명이 안 된다. 어려서부터 그랬다.

    나의 첫 모험은 초등학교 2학년 때였다. 어느 일요일 아침, 아버지가 한라산에 가자며 평소보다 일찍 나를 깨웠다. 그 말이 무슨 의미인지도 모르고 따라나섰다. 아홉 살 아이가 부모 도움도 없이 한라산을 곧잘 오르니 만나는 등산객마다 나를 보며 장하다고 했다. 어린 마음에 기분이 좋아져서 힘든 줄도 모르고 정상에 성큼성큼 다가섰고 끝내 한라산 정상을 밟았다. 그날 얼마나 뿌듯하던지

평소 잘 쓰지도 않던 일기장을 꺼내 일기를 썼다. 그 후로 한 학기에 한 번씩, 초등학교 때만 총 열 번, 한라산 정상을 밟았다. 그때 모험 끝에 따라오는 성취의 기쁨을 처음 맛보았다. 아버지가 옳았다. 지금도 걷기를 좋아하는 것은 그때 맛본 성취감 덕분이리라.

모험의 하이라이트는 중학교 때 펼쳐졌다. 이번 모험은 온 가족이 동원됐고, 아버지가 탐험대장을 맡았다. 굳이 탐험이라는 표현을 쓰는 이유는 우리 가족이 갔던 곳이 오래전에 통제되어 길을 찾기도 힘든 곳이었기 때문이다. 걷다 보니 왜 입산이 통제됐는지 알 것 같았다.

불안한 마음 한편으로 새로운 세계에 대한 설렘과 호기심이 샘솟았다. 설렘으로 얼굴이 잔뜩 상기된 내 앞에 절벽이 나타났다. 절벽은 꽤 가파르고 높았다. '설마 이곳을 다 같이 올라가는 건가?' 하고 생각하는 순간, 아버지가 가족들 몸을 로프 한 줄로 묶기 시작했다. 물론 전문가용 코스는 아니었지만, 한 명이라도 발을 헛디디면 모두가 위험해지는 곳임에는 분명했다. 가족 모두 무사히 절벽을 올랐지만 지금 생각해도 아찔하다.

세월이 흘러 누구보다 건강했던 아버지는 큰 병을 앓게 되었다. 수술을 앞두고 단둘이 술자리를 가졌다. 수술 후에는 술을 못 마실 테니 단둘이 갖는 처음이자 마지막 술자리가 될 터였다. 술자리에서 그날 이야기를 꺼냈다.

아버지는 그날 우리가 올랐던 절벽은 생각보다 높고 험한 절벽은 아니었다며 웃었다. 그때 한 명이라도 떨어지는 사고가 났으면 어쩔 뻔했느냐고 묻고 싶었지만 묻지 않았다. 내가 두 아이의 아빠가 되고 보니 그날 아버지가 만일의 사고를 대비해 절벽을 얼마나 강하게 붙들었을지 짐작이 가고도 남았기 때문이었다.

그렇게 내 삶 어딘가에서의 경험이 내 안에 깊숙이 아로새겨져 모험 DNA로 남아 있는 게 아닐까. 남들이 가지 않은 길을 개척한다는 환희와 누구도 서보지 못한 곳에 서 있다는 희열 때문에 나는 오늘도 또 다른 모험을 원하는지도 모르겠다.

기분 좋은 불편함

전국의 캠핑카 사용자를 대상으로 밴 라이프의 어려움을 묻는 설문조사가 이루어진다면 캠핑카 전기 사용 문제는 최소 3위 안에 들어가리라. 그 외 화장실, 샤워, 주차, 빨래, 청수 주입, 오수 배출 등 캠핑카 하면 떠오르는 어려운 문제가 많지만 내게는 전기 사용 문제가 단연코 1위다.

화장실, 샤워실이 없어서 불편하지 않냐는 질문에는 "아니요, 화장실, 샤워실이 있어서 생기는 불편(공간 축소, 습기 문제, 물을 자주 채우고 비워야 하는 문제, 화장실의 배설물을 비워야 하는 문제, 고장으로 인한

스트레스 등)보다는 없는 게 나아요."라고 자신 있게 대답할 수 있다.

기본적으로 나는 행복의 역치(생물체가 자극에 대한 반응을 일으키는 데 필요한 최소한의 자극의 세기를 나타내는 값)가 매우 낮은 사람이다. 남들이 불편하다고 여기는 문제에도 불편함은커녕 행복을 느끼는 경우가 많다. 좋게 말하면 사소한 것에도 감사함을 느낄 줄 아는 사람이고, 건조하게 말하면 감각이 무딘 사람이다. 그래서 "너 이러면 불편하지 않아?"라는 말을 자주 듣는다.

일례로 나는 평소 스쿠터를 타고 출퇴근을 하는데, 눈이나 비가 오는 날에도 스쿠터를 타고 출근하면 사람들이 묻는다.

"이런 날 스쿠터 타면 춥지 않으세요?"

그때마다 나는 "시원하다고 생각하고 타면 안 추워요."라고 답하는데 이는 진심으로 하는 말이다. '불편함도 내가 불편하다고 느낄 때에만 불편한 감정이 된다'라는 깨달음도 스쿠터 위에서 처음 얻었다.

어느 비오는 날이었다. 비 맞으면서 스쿠터를 타야 하는데 기분이 좋을 리 없다. 그렇다고 아침부터 투덜대기 시작하면 기분만 더 꿀꿀해진다. 여느 때처럼 비옷을 걸쳐 입고 감정 모드를 '여행 모드'로 바꿔 기분 좋게 출발했다.

그런데 출발한 지 몇 분 만에 가랑비가 폭우로 돌변했다. 비옷으로 막을 수 있는 비가 아니었다. 티셔츠와 바지가 흠뻑 젖자 자연스레 '나도 차를 하나 사야 하나?'라는 생각이 들었다. 기분이 가라앉으려는 찰나 '긍정 모드' 스위치가 켜졌다.

'지금 솔직히 불편하지만 이런 날이 1년 중 며칠이나 될까? 며칠 불편함을 느끼는 대신 1년 중 대부분을 스쿠터로 기분 좋게 출퇴근하고 있으니 얼마나 좋아? 그러고 보니 지금껏 나는 불편함을 이용해 돈을 만들어내고 있었네? 스쿠터를 타면 가끔 불편하겠지만 차 유지비용보다는 돈을 훨씬 덜 쓰게 되니까 불편함만 감수하면 그만큼 돈을 번 셈이 되는 거지.'

지금 잠시 불편하지만 그 불편함을 참으면 돈이 된다고 생각을 전환했더니 상황이 달리 보였다. 불편함을 감수하고 아낀 돈을 모아 사회에 기부하면 꽤 많은 돈을 사회로 환원할 수 있겠다는 생각이 들었다. 생각을 전환하자 신기하게도 불편함이 전혀 느껴지지 않았다.

그때 느꼈던 감정에 '기분 좋은 불편함'이라고 이름 붙이고 앞으로도 기분 좋게 불편함을 감수하기로 했다. 조금 불편하게 살면 어떤가. 불편함을 불편하게 받아들이지 않으면 그만인 것을.

탈원전 프로젝트

　이제 전기 없이 사는 일상은 상상하기도 어려울 만큼 전기는 우리 생활과 떼려야 뗄 수 없다. 가끔 정전이 됐을 때 우리 생활에 전기를 쓰는 물건이 얼마나 많은지를 절실히 느끼게 된다. 휴대폰, TV, 컴퓨터, 전등, 세탁기, 냉장고, 전기장판, 청소기, 헤어드라이기…, 전기가 멈추면 내 삶도 그대로 멈춰버릴 것만 같다.

　그러나 과연 그럴까? 이나가키 에미코가 쓴 『그리고 생활은 계속된다』는 평범한 아주머니의 탈원전 체험기다. 나의 탈원전 프로젝트도 그녀의 체험이 모티브가 됐다.

이나가키 에미코는 동일본 대지진 당시 있었던 후쿠시마 원자력발전소 사고를 지켜보며 전기를 사용하는 물건에 의문을 가진다. '우리의 삶은 전기 제품 사용으로 정말 풍요로워졌을까? 더 편리해지기 위해 더 많은 물건을 만들고 더 많이 소유해야 할까? 더 많이 소유하면 더 행복해질까?' 저자는 말한다.

"정신없이 사 모았던 가전제품을 모두 처분한 결과, 내가 이렇게 편안해진 이유를 조금은 알 것 같다. 그것은 가전제품을 버렸기 때문이 아니다. 가전제품과 함께 부풀려온 욕망을 버렸기 때문이다. 우리가 정말로 두려워해야 할 것은 우리 자신의 욕망이다. 폭주하는, 더 이상 스스로 제어할 수 없게 된 막연한 욕망."

솔직히 미니멀 라이프를 추구하는 나조차도 '전기 없이 사는 삶이 가능하기는 할까?' 하고 의구심이 들었다. 다른 건 그렇다 치고 집에 불을 켤 수 있는데 군이 전기를 끊어서 어둡게 살 필요가 있나 싶었다.

그러나 캠핑카라면 이야기가 달라진다. 캠핑카는 1.5평이다. 전기 쓸 일이 집에 비해 훨씬 적다. 충분히 탈원전 프로젝트에 도전해볼 만하다는 판단이 들었고 실제로 한 달 동안 전기 없이 살아봤다. 그리고 두 가지 결론을 내렸다.

결론 1. 전기 없이 살 만하다. 캠핑카에서는 전기가 없어도 큰 불편 없이 살 수 있다.

결론 2. 전기는 있으면 좋다. 전기를 쓸 수 있다면, 전기에 감사하며 살자.

이쯤에서 캠핑카는 어떻게 전기를 만들어내는지 궁금하지 않은가? 캠핑카는 전기를 만들기 위해 주로 태양광 충전과 주행 충전 시스템을 활용한다. 캠핑카 전기 충전 시스템이야말로 자연과 인간 기술의 합작품이자 신비의 결정체다. 여기서 신비로움은 신기함과는 조금 다른 감정이다. '신기함'에 현대 과학으로도 설명할 수 없는, 비밀스럽고 경이로운 뭔가가 더해져야 '신비로움'이 된다. 쉬운 예로 데이비드 카퍼필드의 마술은 신기의 영역이고, 대자연 순환의 원리, 생태계의 균형, 우주, 인체 등은 신비의 영역이다.

먼저 태양광 충전을 살펴보자. 캠핑카는 낮 동안 내리쬐는 햇빛을 전기로 전환해 저장한다. 새삼 햇빛이 고맙다. 지구에 생명체가 존재하는 것은 아니, 우주에 지구처럼 생명체가 살 수 있는 행성이 존재하는 기적이 일어난 것은, 태양이 지구와 '적당한' 거리에 있기 때문이다. 태양이 지구와 너무 가까웠다면 지구의 생명체는 모두 타 죽었을 것이고, 너무 멀리 떨어져 있었다면 지구의 생명체는 모두 얼어 죽었을 테니까.

지금 우리가 느끼는 햇빛은 천만 년 전에 태양 내부에서 생긴 빛이 태양 안에서 돌고 돌다가 태양 외부로 나와 8분 30초 만에 우리에게 닿은 것이라고 한다. 내셔널지오그래픽 다큐멘터리 〈코스모스〉를 통해 이 사실을 접하고 잠시 황홀했다. 천만년의 여정을 통해 나에게 닿은 빛이라니!

태양광을 전기로 만드는 시스템을 개발한 인류의 성취에도 감사해야겠다. 특히 그중에서도 인류가 전기를 부족하지 않게 쓸 수 있도록 전자기학의 시대를 열어준 패러데이 박사님, 당신 덕분에 손님 올 때 냉장고를 켤 수 있게 되었습니다. 감사합니다.

다음으로 주행 충전 시스템을 살펴보자. 주행 충전 시스템은 자동차가 나올 때 생성되는 운동에너지를 전기로 전환하여 저장한다. 자동차 배터리가 충전되는 과정을 생각하면 이해가 쉽다.

이보다 더 신비한 것은 석유라는 물질이 에너지로 전환되는 과정이다. 석유라는 게 뭔가? 아득히 먼 옛날 바다에 살았던 생물이 바다 밑에 묻혀 있는 동안 큰 압력과 높은 열을 받으면 석유가 된다고 배웠다. 석유의 모체인 무명의 생물체는 자기가 훗날 에너지원으로 쓰이리라곤 상상도 못 했을 것이다. 먼 옛날 지구를 살다

• • •
태양이 지구를 비추는 한,
전기 걱정은 없다.

간, 끝내 우리에게 석유가 되어준 생물에
게도 감사해야 할 판이다.

　새삼 모든 게 감사하다. 살면 살수록 마
음의 빚만 늘어난다는 생각이 든다. 어쩌
면 인생이란 태어나는 순간부터 자신의
생을 담보로 대출한 마음의 빚을 하나하
나 갚아나가는 과정인지도 모르겠다.

불안 사용설명서

　내가 유일하게 이용하는 인터넷 커뮤니티에 누군가가 '늘 걱정이 많고 마음이 불안한 나, 어떻게 고칠 수 있을까요?'라는 글을 썼길래 댓글을 달았다. 잠시 후 "답글이 도움이 많이 됐어요. 나중에 시간 나시면 내용 더 달아주세요."라는 대댓글이 달렸다.

　누군가에게 도움이 되었다는 말은 참 듣기 좋다. 나의 존재 의미를 깨닫는 기분이랄까. 나는 앉은자리에서 불안을 주제로 글을 써 내려갔다. 그 글을 여기 옮긴다.

맹수가 사라졌는데 현대인은 왜 여전히 불안할까?

인류 역사에서 불안만큼 뿌리 깊은 감정이 있을까요? 수렵 채집 시절로 시계를 되돌려보겠습니다. 불안은 인류의 생존율을 높이는 필수 불가결한 생존 방식이었습니다. 불안을 감지하고도 불안을 외면한다는 건 죽음을 의미했죠. 불안을 느낀 사람은 맹수의 습격을 미리 피할 수 있었겠지만, 불안을 느끼지 못한 사람은 바로 맹수에게 공격당했겠지요. 이를 지켜본 인류는 생존율을 높이기 위해 진화합니다. 불안을 기본 값으로 장착하고 태어나도록 말입니다.

그런데 현대 사회는 맹수의 위협 같은 직접적 생존 위협이 사라졌는데 왜 다들 불안할까요? 현대 사회의 불안은 인간관계, 타인과의 비교와 경쟁, 한 치 앞도 예측할 수 없는 사회의 불안정성 등으로부터 발생합니다. 내 곁에 있는 사람이 언제든 날 떠날 수 있다는 불안, 경쟁에서 뒤처져 하루아침에 길거리에 나앉지는 않을까 하는 불안, 하루아침에 직장에서 잘리게 되진 않을까 하는 불안, 지금 내 옆을 지나가는 사람 때문에 질병 바이러스가 옮지는 않을까 하는 불안 등 현대인을 불안하게 하는 요소는 무수히 많죠.

불안이라는 것은 결국 한 치 앞도 내다볼 수 없는 인간의 한계 때문에 생기는 감정이에요. 공포스러운 상황이 갑자기 날 덮칠지도 모른다는 감정이 불안이지요. 다만 사람마다 가져도 좋은 불안의 양이라는 게 있는데, 모두가 불안한 사회가 되어버렸다는 게 문제입니다.

저는 IMF 사태가 우리 사회를 모두가 불안한 사회로 내모는 데 결정적인 역할을 했다고 생각합니다. IMF 전까지는 공부를 잘하든 못하든 사회에 나가면 최소한 밥값은 벌어 먹고살 수는 있다는 사회적 공감대가 있었어요. IMF 전까지 공무원은 인기 직종도 아니었죠. 사기업에서도 신규 채용이 활발했고 어렵지 않게 취업이 되던 시기였거든요. 그런데 IMF 때 수많은 회사원이 하루아침에 실업자가 됩니다. 기업이 연쇄적으로 파산하고, 멀쩡하던 사람이 갑자기 노숙자가 되고, 신용불량자는 급증합니다. 사회적 공황 속에서 어느새 '일단 나부터 살고 보자'가 우리 사회이 주류 생존방식이 되어버렸어요. 여기에 무한경쟁, 승자독식 구조, 부의 양극화, 부실한 사회 안전망, 패자부활전 없는 사회가 만든 보신주의, 전세계적인 신자유주의의 흐름. 이 모든 게 톱니바퀴처럼 맞물리며 누구도 알아채지 못한 사이에 '3불(불안, 불신, 불만)'이 온 세상을 덮어버렸습니다.

불안함을 없앨 수는 없을까?

불안해지면 사람은 아래를 보지 않고 위를 봅니다. 그러면 나보다 잘난 사람만 보여요. 그들과 나를 비교하면 자존감 떨어지고, 자꾸 나 자신에게 더 뛰라고 채찍질하게 되고, 더 불안해지고. 이런 굴레에 빠진 사람들이 주위에 많지 않나요?

그렇다고 돈 많은 사람들이 불안하지 않은 것도 아니에요. 전문직 자살률은 최근 몇 년간 가파른 상승곡선을 그리고 있습니다. 그들도 불안한 것이죠. 언제 내가 나락으로 처박힐지 모른다는 불안감과 나보다 더 잘난 사람들과의 비교로 인한 열등감이 그들에게도 있습니다. 불안에 대한 사회구조적 접근이 필요한 시점입니다.

그렇다면 어떻게 불안을 제거할 수 있을까요? 일단 내가 할 수 있는 것부터 바꿔봅시다. 불안이라는 감정은 유전과 환경에 의해 이미 굳어져서 바꾸기가 쉽지 않습니다. 저도 어린 시절에는 늘 불안에 시달렸던 사람이었어요. 지금도 불안하면 손톱을 뜯는 버릇이 있습니다.

학교 전학 가서 자기 소개하라고 하면 우는 아이 있죠? 제가 그런 아이였어요. 지금은 불안하지 않습니다. 불안하지 않다기보다는 '불안해하지 않고 살 수 있는 길을 찾게 됐다'라고 표현하는 게 더 적합하겠네요. 가끔 스스로에게 물어봐요. 도대체 그 사이에 무슨 일이 있었던 거지?

저는 언젠가부터 스스로 불안을 하나씩 제거해나갔어요. 쉬운 예를 들어볼게요. 우리 사회에는 '나중에 은퇴해서 남한테 꿇리지 않고 살려면 아파트 몇 평에 돈이 몇 억 정도는 있어야 해'라는 기준이 있어요. 이것이 모두에게 적용되는 기준이라면 전 절망할 수밖에 없어요. 전 돈이 많지 않거든요.

그런데 불안에 떨면서 살긴 싫었어요. 그래서 저는 소유에 대한 불안을 제거하는 실험을 해보았습니다. TV, 냉장고, 세탁기 없이 살아보기, 하루 두 끼만 먹고 살아보기, 채식 지향 식단으로 살아보기 등이죠.

처음에는 가능할까 싶었지만 결국은 그렇게 살아지더라고요. 인간은 적응의 동물이니까요. 히피처럼 한 달을 살아보고 '한 달에 50만 원만 있어도 행복하게 살 수 있음'을 확인하니 돈이 많지 않아도 불안하지 않습니다. 무엇을 한들 한 달에 50만 원 못 벌겠습니까?

사실 이건 일론 머스크(테슬라 CEO)식 불안 제거 방식이라고 할 수 있어요. 일론 머스크가 젊을 때 한 달 동안 하루에 1달러로 핫

도그만 먹고 살아봤더니 살만하더래요. '난 거지가 돼도 하루 1달러는 벌 수 있을 테니 망하면 핫도그 먹으며 살지 뭐. 그러니 일단 좋아하는 컴퓨터 마음껏 해보자'라는 생각이 절로 들더랍니다. 이런 불안 제거 방식이 오늘날의 일론 머스크를 만든 것인지도 모릅니다. 일론 머스크라고 불안이 없었겠습니까? 자기만의 유쾌하고 긍정적인 방식으로 불안을 제거했기에 자기 능력을 마음껏 발휘할 수 있었던 거죠. 일론 머스크가 요즘 '뻘짓'을 많이 하긴 하지만 난 놈은 난 놈입니다.

저는 20대까지는 해외여행 공포증이 있던 사람이었습니다. 30대에 처음으로 혼자 해외여행을 가봤는데 걱정했던 일들은 일어나지 않았습니다. 한번 벽을 깨는 게 어렵지, 막상 해보니 오히려 혼자 다니는 게 편하더군요. 해외여행을 무서워하던 사람이 지금은 여행작가를 꿈꾸고 있습니다.

어렸을 때 물에 빠져 죽을 뻔한 사고를 당해 물 근처에도 못 가던 사람인데 지금은 바다 없으면 못 사는 사람이 됐죠.

이런 식으로 스스로 한계를 하나하나 깨보는 경험이 중요한 것 같아요. 내가 무엇에 불안해하는지를 인식하고 그 한계를 깨려는 의지만 있다면 불안은 서서히 제거할 수 있다고 저는 믿습니다.

이와 더불어 내가 통제할 수 있는 변수와 통제할 수 없는 변수를 구분하는 게 중요합니다. 지나간 일을 후회하기보다는 그때 그 일이 있었기에 지금의 내가 있다고 생각해보세요. 주어지지 않은 것에 불만을 갖기보다는 주어진 것에 감사해보세요. 바꿀 수 없는 과거에 집중하지 말고 바꿀 수 있는 지금에 집중해보세요.

'지금, 나, 여기'에만 집중하는 시간이 필요합니다. 저는 어려서부터 감사한 마음을 잊고 산다는 생각이 들 때마다 눈꺼풀의 존재를 의식했습니다. 이 녀석은 하루 종일 수천, 수만 번 눈을 깜빡이는 노동을 게을리하지 않는데도 전혀 평가를 못 받아요. 오로지 내가 눈꺼풀의 움직임을 의식적으로 인식할 때만 존재를 느낄 뿐이죠.

대부분의 사람들은 눈꺼풀이 하루 종일 움직이고 있다는 사실조차 인식하지 못한 채 살아갑니다. 저는 눈꺼풀의 움직임을 느끼는 순간이야말로 '지금 이 순간에 집중하며 내게 주어진 것들에 감사하는 순간'이라고 생각합니다.

서로에게 눈꺼풀처럼, 있는 듯 없는 듯하지만 없으면 절대 안 되는 사람이 되어줍시다. 그럼 더 이상 불안해하지 않아도 돼요. 제

글이 당신의 불안을 더는 데 작으나마 도움이 되었기를 바라며 이만 줄입니다.

어떤 날

길을 걷는데 아스팔트 도로 위에 폴짝폴짝 뛰어다니는 뭔가가 보였다. 자세히 보니 개구리였다. 크기는 7~8cm쯤 되어 보였다. '알아서 제 갈 길 가겠지' 하고 돌아서려는데, 반대편 차선에서 커다란 자동차가 달려오자 이 녀석이 그 자리에서 얼어버렸다. 조치를 취하지 않으면 몇 분 안에 로드킬을 당할 상황이었다. 손으로라도 개구리를 잡아 도로 옆으로 옮겨줘야 개구리를 살릴 수 있었다.

문제는 내가 이미 어른이 되어버렸다는 것이다. 내가 어린 아이였다면 뒤도 안 보고 달려가 개구리를 구조했을 텐데, 이미 어른이 되어버린 나는 개구리를 맨손으로 잡는 게 꺼려졌다. 그 와중에 개구리랑 눈이 마주쳐버렸다. 이젠 못 본 척 도망칠 수도 없다. 나보고 살려달라고 애절한 눈빛을 보내는데 외면할 수가 없었다.

'그래, 주위에 있는 물건을 이용해 피신시키자!' 하고 주위를 둘러보니 잎이 널따란 풀이 있었다. 풀잎을 뜯어서 개구리에게 다가가려는 순간, 자동차가 개구리를 밟고 지나갔다. 그것도 절반만. 조금만 더 빨리 움직일걸…. 살 가망은 제로인데 아직 죽지도 않았다. 일단, 살릴 수는 없다. 당신이라면 어떤 선택을 하겠는가?

그때 또 다른 자동차가 개구리를 밟고 지나갔다. 좀 전까지 내게 애절한 눈빛을 보내던 개구리는 그렇게 세상을 떠났다. 오히려 다행이다 싶었다. 죽기까지의 고통이 짧았으니까. 그 차가 지나가지 않았다면 난 어쩌지도 못하고 발만 동동 굴렀을 것이다. 다만 처음 발견했을 때 재빨리 손으로 집어 옮겨주지 못한 게 미안할 뿐이다.

로드킬 당한 개구리를 보고 있자니 20여 년 전 일이 떠올랐다. 그저 그런 날은 금세 잊히지만, 어떤 날은 몇 년이 지나도 잊히지 않는다. 평생 한 번 일어날까 싶은 일이 하루에 두 번이나 일어난 그날을 어찌 잊을까.

대학교 3학년 때의 일이다. 평소 친하게 지내던 형과 자전거를 타고 수영장으로 향하던 길이었다. 길 한가운데에 차에 치여 죽은 개 한 마리가 보였다. '누군가 치우겠지' 하며 애써 고개를 돌리려는데, 길가에 자리를 뜨지 못하고 안절부절못하는 개 한 마리가 보였다. 슬픈 표정과 몸집 차이로 미루어 죽은 개의 어미로 보였다. 금방이라도 눈물을 흘릴 것 같은 어미 개의 표정이 눈에 밟혀 형에게 말을 꺼냈다.

"형, 저기 죽어 있는 개요. 사체라도 길가에 치워줘야 하지 않을까요? 가만 놔두고 가면 어미 개도 다칠 것 같아요."

형이 평소 어떤 성품을 가진 사람인지 알았기 때문에 꺼낸 말이었지만, 막상 말하고 나니 겁이 났다. 아무리 죽은 동물이지만 사체를 옮긴다는 게 말처럼 쉬운 일이 아니다. 형이 잠시 생각하더니 나에게 말했다.

"그러게. 그런데 손으로 들어서 옮기면 온전히 옮겨질 거 같지 않은데? 저 아래 뭐가 있을지도 모르고…."

사실 나도 그게 겁나서 형에게 말을 꺼냈던 터였다. 우리 둘은 자전거를 세우고 죽은 개의 사체를 옮길 방안에 대해 의견을 나눴다. 시청에 신고하자는 의견도 나왔지만 행정 처리를 기다리기에는 각자 다음 일정이 있었다. 주변에 버려진 종이 박스를 찾아 어떻게든 그 위에 개를 뉘어서 옮기기로 했다. 하지만 주위에 박스가 있을 리가 없었다. 나는 박스를 찾는 척하며 형이 더 나은 방법을 찾아주기만을 기다렸다.

형에게 "박스가 없는데 어쩌죠?"라며 고개를 돌리는 순간, 그 자리에서 얼어버렸다. 조금 전까지 손으로 들어서 옮기면 뒷수습은 어쩌나 걱정하던 형이 죽은 개를 맨손으로 들어 옮기는 게 아닌가! 형에게 마음의 부담을 전가하고 주위에 있을 리 없는 애꿎은 박스만 찾던 나와 달리 형은 맨손으로 옮기는 방법밖에 없음을 알고 곧바로 행동으로 옮겼다. 난 말만 했고, 형은 실행했다. 단지 그 차이였다. 형에게 고맙다고 말하는 것 외에 내가 할 수 있는 일은 없었다. 부끄러웠다.

형이 맨손으로 죽은 개의 사체를 들어 올려 길가로 옮기던 그 장면은 내 마음속 깊이, 조각칼로 판 듯 또렷이 새겨졌다. 그런데 같은 날, 이 사건보다 더 놀라운 일이 뒤이어 일어났다.

죽은 개 옆에서 슬피 우는 어미 개를 뒤로하고 수영장으로 향했다. 당시 내가 다니던 대학에는 수영 시험 기준(두 가지 영법으로 100m 왕복)을 충족하지 못하면 졸업할 수 없는 제도가 있었다(지금은 이 제도가 없어졌다고 한다). 어릴 때 물에 빠져 죽을 뻔한 트라우마로 물가 근처도 못 가던 나는 별수 없이 수영 강습을 받아야 했다.

그날도 수영 강습을 받기 위해 친구랑 수영장을 찾은 터였다. 수영장 풀에 들어갈 때 덩치 큰 청년이 날 뒤따라 들어왔다. 행동이나 표정이 어눌해 보였지만 대수롭게 여기지 않았다.

수영 강습에서 배운 영법을 연습하고 잠시 휴식을 취하고 있을 때였다. 레인 한가운데 어둡고 큰 뭔가가 떠 있는 게 보였다. 순간 내 뒤를 따라 들어온 청년이 떠올랐다. 사고가 났음을 직감하고 그에게 헤엄쳐갔다. 그가 물속에서 허우적댔다면 나도 어떻게 해야 할지 몰라 당황했을 텐데, 움직임이 크게 없는 것으로 보아 사고가 난 지 어느 정도 시간이 경과한 듯 보였다. 일단 뭍으로 옮겨야 했다.

다행히 나는 1레인에 있었다. 저 멀리 친구가 보여 도와달라고 소리쳤다. 둘이서 그 청년을 물 밖으로 빼내려는데, 덩치가 워낙 커서 둘의 힘으로는 역부족이었다. 때마침 그곳을 지나가던 수영 강사의 도움을 받아 겨우 뭍으로 올릴 수 있었다.

구조하고 보니 장정 몇 명이 달라붙고도 그 청년 한 명을 들어 올리는 게 왜 힘들었는지 알 수 있었다. 가뜩이나 덩치가 있는 친구였는데, 물을 얼마나 많이 먹었는지 배가 볼록 나와 있었다. 초등학교 때 물에 빠져 죽을 뻔했던 그날, 나도 그랬다. 숨 쉬려 숨을

들이켤 때마다 물이 들이치던 그날의 고통이 선연히 떠올랐다.

수영 강사가 심폐소생술을 시작했다. 당시만 하더라도 심폐소생술을 할 줄 아는 일반인은 드물었다. 심폐소생술 교육을 받은 수영 강사가 그 장소에 있었던 것은 천운이었다. 심폐소생술을 받자 다행스럽게도 누워 있던 청년의 몸이 조금씩 움직였다.

첫 사건, 그러니까 길 한가운데 죽어 있던 개의 사체를 옮겼던 그 사건이 없었다면, 그다음 수영장에서의 일이 어떻게 전개됐을까? 나는 수영장에서 죽어가던 그 청년을 발견할 수 있었을까? 발견하지 못했다면 그 청년은 어떻게 됐을까? 누군가가 발견해 뭍으로 옮겼다 하더라도 수영장 안에 심폐소생술을 할 수 있는 사람이 아무도 없었다면? 그날 나와 죽은 개와 수영장에 빠져 죽을 뻔한 그 청년은 어떤 인연으로 얽혔던 걸까?

집으로 돌아오는 길, 형과 개의 사체를 치운 곳을 지나가게 됐다. 동물 사체 신고가 접수됐는지 낮에 형이 옮겨놓았던 개의 사체는 없었다. 낮의 기억이 떠올라 등 뒤가 서늘했지만, 형이 데워놓은 온기 덕에 마음만은 따뜻했다. 그날, 그 청년은 그 형이 살린 것이다. 아직도 선명한, 잊을 수 없는 어떤 날의 기억이다.

창문만 부수지 마요

대학 때부터 친하게 지내는 S형으로부터 그 시절에 함께 찍은 사진 몇 장을 받았다. S형 덕분에 잠시나마 타임머신을 타고 날았다. 한동안 짙은 여운에서 헤어 나오지 못했다. 이렇게 좋은 사람들이 곁에 있는데 뭘 더 바라겠나.

사진 속 나는 스쿠터를 타고 있었다. 보급형 스쿠터 '슈퍼캡'이었다. 처음 스쿠터를 타본 것도, 하필 스쿠터로 모터바이크에 입문한 것도 S형 덕분이었다. 우연히 형의 택트(슈퍼캡과 함께 당시 보급형 스쿠터의 양대산맥)를 타봤는데 기분이 너무 좋았다. 바로 전 재산 30만 원으로 중고 스쿠터 슈퍼캡을 샀다. 그게 내 모터바이크 역사의 시작이었다.

내가 스쿠터 타는 모습을 보고 같은 모델을 따라 산 친구까지 해서 우리는 대학에서 '스쿠터 삼총사'라 불렸다. 불과 1년 만에 셋 중 둘이 스쿠터를 도난당해 스쿠터 삼총사는 역사의 뒤안길로 사라지고 말았지만, 셋이 스쿠터를 타고 대학 정문을 동시에 통과할 때의 느낌은 지금도 생생하다.

그때의 나와 지금의 나는 뭐가 달라졌을까? 확답할 수 없지만 한 가지는 확실하다. 그때나 지금이나 나는 내가 살고픈 대로 살았다.

내가 스쿠터를 탈 때 즈음, 과외 한두 개로 한 번에 목돈을 버는 친구들이 하나둘 생겼다. 그중 몇몇은 회사원이나 만질 수 있는 돈을 벌기도 했고, 학교에 자동차를 타는 친구들이 늘어갔다. 나도 과외해서 돈 좀 만져보고 싶은 마음도 들었지만 스스로 다짐했던 바가 있었다.

'지금 아니면 할 수 없는 일을 안 하면 언젠가는 후회한다. 지금은 지금 아니면 할 수 없는 경험을 마음껏 해보자.'

과외 같은 일은 나중에 언제라도 할 수 있다. 과외 대신 지금 아니면 할 수 없는 일용직 노동자 용역 업체를 기웃거렸다. 일당은 4만

원이었다. 나중에 용역회사에서 만 원을 소개비로 떼먹은 사실을 알게 됐다. '이런 게 바로 착취구조구나' 하고 사회에 처음 눈을 떴다. 과외하는 친구들처럼 돈을 많이 벌지는 못했지만, 돈과 노동의 가치를 일찍 깨칠 수 있었다. 어렵게 번 돈이었기에 돈을 쓸 때에는 늘 신중했다.

하지만 그때도 나는 사물에 애정을 주는 사람은 아니었다. 30만 원짜리 스쿠터도 살 때는 손을 벌벌 떨면서 샀지만, 누가 타겠다고 하면 부담 없이 빌려줬다. 이 스쿠터는 1년 후, 후배에게 빌려줬다가 도둑맞았다.

사회학, 심리학에서 지금껏 연구한 결과를 한 문장으로 줄이면 '사람은 쉽게 바뀌지 않는다'라고 하는데, 지금도 난 그때와 달라진 게 없다. 오늘도 나는 캠핑카를 다른 사람에게 빌려주고 왔다. 다른 뜻은 없다. 주말에는 안 쓰니까 쓰라고 빌려주는 것이다. 물론 공짜다.

"그냥 막 써도 돼요. 창문만 부수지 마요."

이건 진심이다. 나는 그런 사람이다. 생명에 대한 애정은 많지만, 사물에 대한 애정은 없다. 차를 아끼는 사람이었다면 캠핑카 산 지 두 달이 넘었는데 세차 한 번 안 했을 리가 없다. 내 곁에 있는 누군가가 나로 인해 행복한 추억 하나 만들 수 있다면 그걸로 됐다.

그런 꿈도 꿔본다. 캠핑카를 해안도로 경치 좋은 곳에 세워놓고 문을 활짝 개방해놓는다. 캠핑카 안에는 커피도 있고 주전부리도 있다. 누구나 공짜로 잠시 쉬다 갈 수 있다. 단, 조건이 있다. 캠핑카를 쓰고 나서 더 나은 세상을 위해 적어도 착한 일을 하나는 해줘야 한다. 어떤 일이 일어날까? 사람들이 제 물건 아니라고 막 쓰고, 쓰레기나 버리고 가는 그런 일이 일어날까? 아니면 여기서 좋은 추억을 얻고 간 사람들이 춥고 삭막한 이 세상에 따뜻한 온기를 더하는 일이 일어날까? 난 후자라 믿는다. 한번 실험해보고 싶다. 그땐 당근 마켓에 다음과 같이 공고를 올릴 것이다.

범섬이 보이는 *동 *번지에 캠핑카를 세워두었습니다. 여기서 좋은 추억 듬뿍 담아가세요. 직접 음식을 들고 와서 드셔도 되고 캠핑카에 비치된 다과와 커피를 드셔도 됩니다. 쓰레기만 도로 가져가주세요. 캠핑카를 다 쓰신 후 더 나은 세상을 위해 착한 일 하나만 해주신다면 가격은 공짜입니다.

from. 마음 부자

* * *
좋은 추억 마음껏 담아가세요.
착한 마음도 함께 담아가세요.

모터바이크

바람을 갈라,
바람을 만들어,
바람을 느끼다

군대 안에 갇혀 있는 게 답답할 때마다 하고 싶은 일이 두 가지 있었다. 하나는 귀에 이어폰을 꽂고 온종일 걷기, 또 하나는 스쿠터 타기였다. 길거리를 자유롭게 걷는 것은 휴가를 나와서도 얼마든지 할 수 있었지만, 스쿠터는 제대해야만 탈 수 있어서 전역일이 다가올수록 내 가슴은 부풀어만 갔다. 이때부터 국방부 시계가 어찌나 느리게 가던지.

결국 그날은 왔다. 전역하자마자 스쿠터를 샀다. 우리나라 모터바이크의 메카인 퇴계로에서 비노 50cc를 산 다음 고향으로 금의 환항했다. 제주항에 내리는 순간 이미 세상은 내 것이었다. 스로틀을 당기는 '손맛'과 바람을 가를 때 와닿는 '바람의 맛'이 만나면 둘의 화학작용으로 아드레날린이 솟구쳤고, 스쿠터를 처음 탔던 그날의 기억이 소환됐다.

그날은 어느 여름밤이었다. 삼양 바닷가에서 한치를 잡고 있으니 놀러 오라는 S형의 전화를 받고 가봤더니 스쿠터가 한 대 주차되어 있었다. 그 유명한 '택트'였다. 그때까지만 해도 모터바이크는 위험하다는 인식이 있어서 한 번도 타본 적이 없었을 뿐더러 모터바이크가 굴러가는 원리에 대해서도 일말의 관심을 가져본 적 없었다. 그런데 그날따라 스쿠터에서 눈을 뗄 수 없었다.

"형, 이거 어떻게 하면 앞으로 나가요?"

"그냥 시동 걸고 오른쪽 손잡이 당기면 앞으로 나가."

이렇게 덩치 큰 녀석이 손잡이만 당기면 앞으로 나간다고? 너무 단순하잖아? 딱 내 스타일인데? 형 말이 맞는지 확인하기 위해 허락을 받고 스로틀을 당겨봤다. 진짜 앞으로 나간다. 자전거와는 또 다른 느낌이다. 바람을 갈라 바람을 만들어 바람을 느끼는 바람의 맛이랄까. 그날 밤 집으로 돌아와서도 그 느낌이 잊히지 않았다. 바로 형에게 물어봤다.

"형, 이거 얼마예요?"

"중고 바이크 매장에서 30만 원 주고 샀어."

며칠 후, 동네 바이크 가게를 찾았고 보급형 스쿠터 '슈퍼캡'을 전 재산 30만 원과 맞바꿨다. 그날 이후로 매일 밤마다 동네를 한 바퀴 돌다 오고는 했다.

지금은 슈퍼캡보다 훨씬 좋은 바이크를 타는데도 그때의 느낌은 느낄 수 없다. 내가 미니멀 라이프를 추구하는 이유 중 하나가 이것이다. 어떤 물건의 몇 배 가격을 주고 새로운 물건을 산다고 몇 배의 행복을 가져다주지 않더라는 것이다.

언젠가 버마 여행에서 사탕수수를 파는 아저씨 한 명이 스쿠터에 스티커를 정성스럽게 붙이고 있는 모습을 봤다. 스쿠터 가격을 물어봤더니 사탕수수를 수천 번은 팔아야 살 수 있는 가격이었다. 얼마나 힘들게 돈을 모아서 스쿠터를 샀을까 생각하니 그제야 아저씨 얼굴에 미소가 떠나지 않은 이유를 알 것 같았다.

결국 마음의 문제다. 내가 무엇을 소유했느냐가 중요한 게 아니라 그 물건을 대하는 마음가짐이 중요하다. 30만 원짜리 중고 슈퍼캡, 비노 50cc를 거쳐 지금은 한때 나의 드림 바이크였던 베스파를 타고 있지만, 처음 삼양 앞바다에서 30만 원짜리 택트를 탔던 순간이 가장 짜릿하고 행복했다.

지금 모터바이크의 탈 때의 기분이 처음 탈 때의 그것에 못 미치는 게 사실이지만 여전히 바람을 가르는 맛은 대체 불가능한 즐거움을 안긴다.

모터바이크의 가장 큰 매력은 자동차처럼 프레임에 갇힌 세상이 아닌, 있는 그대로의 세상을 온몸으로 느낄 수 있다는 점이다. 그러면서도 자전거보다는 빠르게, 힘들이지 않고 먼 거리를 이동할 수 있다.

자동차는 분명 훌륭한 이동 수단이지만 자동차에 앉아서 바라보는 세상은 사각형 프레임, 그것도 유리창이라는 매개체를 통해 바라보는 세상이다. 모터바이크처럼 맨눈으로 보는 세상과는 다를 수밖에 없다. 단, 악천후가 자동차와 모터바이크의 위상이 엇갈리는 지점인데, 악천후도 여행의 일부분으로 받아들일 수 있는 마음가짐이면 문제 될 것 없다.

언젠가는 로얄 엔필드를 타보고 싶다. 로얄 엔필드는 영화 〈벤자민 커튼의 시간은 거꾸로 간다〉에서 브래드 피트가 탔던 클래식 바이크다. 로얄 엔필드로 갈아타려면 지금 타고 있는 베스파를 떠나보내야 한다. 베스파와는 멋진 이별 여행을 준비 중이다. 베스파를 타고 유라시아 횡단을 하는 것이다. 몇 달 동안 베스파를 타고 러시아와 몽골, 유럽 전역을 여행하고 동유럽 어딘가에서 마음 따뜻한 누군가를 만나면 그 사람에게 베스파를 선물하는 것으로 정든 베스파와는 아름다운 이별을 하리라.

얼마 전, 바이크를 타다가 놀라운 사실을 깨달았다. 지금껏 나는 바이크의 방향을 틀 때 핸들을 돌리는 만큼 바이크의 방향이 바뀐다고 생각했는데 그게 아니었다. 급격히 방향을 전환할 때는 핸들을 돌려야 하지만 나는 대체로 몸의 무게중심을 조금씩 이동하면서 방향을 틀고 있었다.

우리 인생도 라이딩과 다를 바 없다. 인생의 갈림길을 만날 때마다 각자의 인생관, 가치관에 따라 삶의 무게중심을 옮겨 선택을 한다. 이때 중요한 것은 내 삶의 무게중심을 옮기는 게 누구인가다. 타인이 내 삶의 무게중심을 잡아주는 것을 방치하면 언젠가 혼자 중요한 선택을 해야 할 때 쉽게 넘어진다. 넘어지고 나서 일어나기도 힘들다. 반면, 내가 내 삶의 중심을 잡고 선택을 하고 그 선택에 책임지는 경험이 누적되면 쉽게 넘어지지도 않을 뿐더러 넘어져도 금방 일어날 수 있다. 적어도 내 인생의 핸들은 내가 잡자.

마라톤

적어도
끝까지 걷지는
않았다

때로는 술자리의 객기가 뜻밖의 결과를 가져오기도 한다. 어느 술자리에서 후배 한 명이 하프마라톤 대회 출전 경험담을 풀어놓았다. 듣다 보니 왠지 나도 할 수 있을 것 같았다. 용기는 크게 '해봐서 생기는 용기'와 '해보지 않았기에 생기는 용기'로 나눌 수 있다. 이 경우는 후자였다. 그 자리에서 나도 다음 대회에 나가겠다고 폭탄선언을 하고 말았다.

얼떨결에 하프마라톤 대회에 출전했다. 의지력은 남에게 뒤지지 않으니 악으로 깡으로 뛰면 될 줄 알았다. 호기롭게 출발했지만,

초반의 경쾌한 리듬은 오래 유지되지 못했다. 반환점을 돈 다음부터 다리가 내 맘대로 움직이지 않았다. 인디언들은 길을 나설 때 잠깐씩 쉬며 내 몸을 뒤따라오는 영혼을 기다린다는데 나는 앞서가는 영혼이 뒤따라오는 몸을 기다려야 했다.

이대로 포기하면 놀림의 대상이 될 게 뻔해서 겨우겨우 결승선을 통과했다. 결승선 통과와 동시에 바로 다리가 풀려버렸다. 그날로 마라톤 풀코스의 꿈을 접었다. 하프코스를 뛰고 온 사람에게 '한바퀴 더'를 외치는 게 풀코스 아닌가.

그러던 어느 날, 마라톤에 한 번도 나가본 적이 없는 친구가 마라톤 대회에 같이 나가자고 꼬드겼다. 심지어 이왕 나갈 것 풀코스로 나가잔다. 나는 하프코스를 뛰어봐서 아는데 풀코스는 아무나 뛰는 게 아니라고 진심을 다해 설득했다. 모르면 용감하다고 친구는 함께하면 못할 게 없다는 진부한 표현을 들먹이며 펌프질을 멈추지 않았다.

그때 마라톤 대회의 날짜를 확인하지 않았다면 내 마음은 바뀌지 않았을 것이다. 그런데 웬걸, 마라톤 대회 다음 날인 월요일이 마침 공휴일이었다. 풀코스를 뛴 다음 날 아픈 다리를 이끌고 직장에 나가지 않아도 된다는 것은 거부할 수 없는 유혹이었다. 오랜 고민 끝에 친구와 함께 마라톤 풀코스 신청서를 제출했다. 남은 기간은 한 달, 풀코스 완주를 해내려면 방법은 하나밖에 없었다. 뛰어라, 또 뛰어라 그리고 뛰어라.

술 마신 날 밤에도 달렸고, 추워서 나가기 싫은 밤에도 달렸다. 뛰고 싶은 날도 달렸고, 뛰기 싫은 날도 달렸다. 점점 몸이 가벼워지는 게 느껴졌다. 대회 2주 전, 같이 훈련하던 친구의 무릎뼈가 닳아버렸다. 친구는 결국 중도 포기했다. 이제 나 혼자만 남았다. 지금껏 훈련한 게 아까워서라도 대회에 나가야 했다. 대회 1주일 전, 컨디션 점검 삼아 우도 한 바퀴 반을 달려봤다. 더 달려도 될 만큼 체력이 남아 있음을 확인하고 자신감이 붙었다.

드디어 대회 당일, 한 달간의 훈련 덕분인지 몸놀림이 가벼웠다. 중간에 러너스 하이(30분 이상 달렸을 때 몸이 가벼워지고 머리가 맑아지는 느낌)가 느껴질 만큼 컨디션이 좋았다. 반환점을 돌았는데도 체력이 남아 있다는 사실에 도취되어 목표 기록을 대폭 당기고 페이스를 올렸다. 마라톤 초보가 주의해야 하는 오버페이스의 유혹을 이기지 못한 것이다.

30km 지점부터 위험 신호가 왔다. 나는 달린다고 생각하는데 다리가 나가지 않았다. 허리, 허벅지, 종아리 등 몸 곳곳에서 비명

소리가 들렸다. 출발한 지 3시간이 넘어가자 마라톤 코스 옆으로 차들이 다니기 시작했다. 함께 뛰던 선수들 사이의 간격도 점점 벌어져 혼자 모든 고통을 감내해야 했다. 드디어 마의 35km 지점이다. 혼신을 다 뛰고 있는데 누군가가 뒤에서 옷을 잡아당기는 것처럼, 지구의 중력이 유독 나에게만 강하게 작용하는 듯했다. 포기라는 달콤한 유혹이 점점 더 강해졌다. 중도 포기를 선언하고 길가에 나앉으면 그만이었다.

그렇게 '자신과의 싸움'이 시작됐다. 진부한 표현이지만 마라톤을 뛰어본 사람은 알 것이다. '포기하고 싶은 나와의 끝없는 싸움'만큼 마라톤을 잘 드러내는 표현은 없다는 것을 말이다. 기록이 아닌 완주를 목표로 하는 나에게는 더 그렇다.

흩어지는 멘탈을 부여잡기 위해 포기하면 안 되는 이유를 만들어야 했다. 여기서 포기하면 나는 마라톤에 지는 게 아니라 내 인생에 지는 거라고, 풀코스 마라톤을 뛰기로 했을 때 나 자신과 했던 약속, 그것 하나만큼은 꼭 지키자고 되뇌었다.

그렇게 마음을 다잡았다고 해도 고통이 사라지는 것은 아니었다. 이젠 허벅지 안쪽의 쓸린 상처까지 날 괴롭힌다. 5km 단위로 표시되던 남은 거리가, 35km 지점부터는 1km 단위로 표시되었다. 내가 지금 무엇을 하고 있는지, 어디를 달리고 있는 것인지도 모른 채 무의식적으로 뛰고 있을 때, '41.195km'라고 적힌 표지판이 눈에 들어왔다. 그동안 남은 거리만 보여주다가 내가 뛰어온 거리를 알려주니 없던 힘이 솟아났다.

'그래도 기어이 여기까지 달려왔구나. 이제 1km 남았다. 여기서 포기하면 후회만 남을 것이다. 결승선에서 쓰러지는 한이 있더라도 끝까지 달리자.'

표지판 옆에 서 있던 한 아주머니가 나를 보며 "힘내세요. 다 왔어요!"라고 한마디 던졌을 뿐인데, 나도 모르게 눈물이 왈칵 쏟아졌다. 이미 지칠 대로 지쳐서 말랑말랑해진 감정이 지나가는 사람의 말 한마디에 사르르 녹아 눈물이 되어 흘렀다. 결승선은 무슨 사연 있는 사람처럼 눈물 범벅이 되어 통과했다.

다른 선수들에 비해 보잘것없는 기록이었음에도 끝내 이겼다고 자신 있게 말할 수 있는 것은 나 자신과의 약속을 지켰기 때문이었다. 내가 끝내 지켜낸, 나를 끝내 승리자로 만들어준 그 약속은 '아무리 힘들어도 끝까지 걷지는 말자'였다.

마라톤 출전 몇 달 후, 마라톤 마니아로 알려진 무라카미 하루키가 쓴 『달리기를 말할 때 내가 하고 싶은 이야기』라는 책을 읽었다. 책에서 하루키가 자기 묘비명에 새겨 넣겠다는 글을 보고 전율이 일었다. 그가 묘비명에 새겨 넣겠다던 글이 내가 풀코스 마라톤에 도전하며 나 자신과 했던 약속과 무척 닮아 있었기 때문이었다. 무라카미 하루키가 자신의 묘비명에 새겨 넣겠다고 했던 책의 마지막 문장은 '적어도 끝까지 걷지는 않았다'였다.

3장

언제나 자유롭고 싶어서
그랬어요

일상 모드 OFF
여행 모드 ON

덫에 걸린 느낌이다. 떠나고 싶을 때 언제든 떠날 수 있는 삶을 살고자 밴 라이프를 시작했는데, 내가 바라는 모든 게 갖춰진 곳을 찾고 나니 떠나기가 귀찮아졌다. 밴 라이프의 최적지를 너무 일찍 찾아버린 게 도리어 덫이 되어버린 셈이다. 소풍 가서 보물찾기 이벤트에 참가했는데 시작하자마자 보물을 찾아버린 느낌이랄까.

오랜 기간 한 장소에 머물다 보니 '퇴근 – 집 도착 – 책 읽기 – 저녁 식사 – 해 질 녘 산책 – 넷플릭스 보며 잠자기'로 생활 패턴도 일정해졌다. 지금의 삶도 편하고 좋긴 하다. 내가 바라던 삶인 것도 맞다. 그런데 2% 부족한 이 느낌은 뭘까? 이러려고 밴 라이프를 시작한 게 아닌데…. 생활 패턴에 변화를 줘보기로 했다.

'날마다 소풍 같은 삶을 살자는 초심으로 돌아가자. 일상 모드의 스위치를 OFF시키고 여행 모드의 스위치를 ON으로 돌리자.'

패들보드를 꺼냈다. 이 패들보드로 말할 것 같으면, '미니멀리스트도 포기할 수 없는 소유물' 목록의 마지막을 장식한 녀석이다. 당근 마켓에서 30만 원 주고 샀다(신기하게도 패들보드 판매자도 캠핑카에서 살고 있었다). 패들보드를 들쳐 메고 바다로 갔다.

파도가 심상치 않다. 지금까지 패들보드는 딱 한 번 타봤다. 나 같은 초보가 오늘처럼 파도가 센 날 패들보드를 타는 것은 빙판 위에서 인라인 스케이트를 타는 격이다. 파도가 없는 곳으로 장소를 옮겨 연습하기로 했다. 바다는 다음에 도전해도 늦지 않다.

어디서 연습하면 좋을까? 떠오르는 곳이 한 군데 있다. 혼자 조용히 사색에 잠기고 싶을 때마다 찾는 그곳에 가보니 역시나 아무도 없다. 패들보드에 공기를 주입한다. 혼자 하려니 너무 힘들다. 헉헉대며 15분 만에 공기 주입을 완료했다. 배를 띄우고 노를 저었다. 한량이 따로 없다. 유유자적, 무념무상, 무아지경, 자연과의 물아일체. 내가 바로 21세기 현대판 히피다.

금세 날이 어두워졌다. 집으로 돌아가야겠다. 아직까지는 한 번도 물에 빠지지 않았다. 두 번째 타는 것치고 이 정도면 성공이다. 파도가 잔잔한 날, 다시 바다에 도전해보기로 한다.

파도 예보에 따르면 당분간은 파도가 계속 밀려들 예정이다. 파도가 높은 날 패들보드를 타기에는 내 실력이 변변찮다. 이런 날에는 서핑보드를 꺼내면 된다. 이번 미션은 새벽 서핑 도전이다.

새벽 1시에 잤는데 3시에 눈이 절로 떠졌다. 몇 년 만의 서핑인가! 설레긴 했나 보다. 다시 자긴 글렀다. 바로 중문해수욕장으로 향했다. 새벽 3시 반인데 이미 도착한 서퍼들이 있었다.

'이 밤에 서핑을 하면 앞이 보이긴 할까?' 4시 반쯤 되어 중문 해수욕장에 나갔더니 이미 바다 위에 떠 있는 서퍼가 20~30명은 되어 보였다. 서핑을 처음 알게 된 8년 전만 해도 서퍼들이 별로 없었는데, 요즘은 파도 있는 날의 중문 해수욕장을 보고 있노라면 여기가 해수욕장인가 목욕탕인가 싶다.

오랜만에 서핑보드를 탔더니 그새 감을 다 잃었다. 감 잡을 만하면 쉬고, 다시 좀 탈 만하면 쉬다 보니 아직도 초보 신세를 못 벗어났다. 이렇게 실력이 더디게 느는 운동도 처음이다. 이제 시간적 여유가 생겨 제대로 배워볼까 했더니 사람이 이렇게 많다.

역시 사람은 가야 할 때 가야 한다. 내가 격하게 애정하는 버트 먼로(영화 〈세상에서 가장 빠른 인디언〉의 실제 주인공) 할아버지의 명언을 빌려와야겠군.

가야 할 때 가지 않으면 가려할 때 가지 못한다.

– 버트 먼로(1899-1977)

백번 맞는 말이다. 서핑을 다시 시작해보려 한다. 언젠가는 서핑보드를 여유롭게 타는 날도 오겠지? 그날이 오면 켈리 슬레이터 (역사상 최고의 서퍼로 손꼽히는 서퍼)의 명언을 빌려 보드 위에서 서핑 찬가를 부르리라.

서핑은 마피아 같은 거예요. 일단 들어오면 그걸로 끝입니다. 출구는 없어요.

– 켈리 슬레이터

답을 찾을 것이다, 늘 그랬듯이

밴 라이프를 시작하고 살아난 게 있다면 단연코 감각이다. 이제는 날씨와 계절의 변화를 귀와 피부가 먼저 알아차린다.

날씨는 귀가 먼저 느낀다. 내가 사는 캠핑카 바로 옆에는 사시사철 시냇물이 흐른다. 24시간 내내 시냇물 소리가 ASMR로 깔린다. 가끔 아침에 일어났을 때 시냇물 소리가 평소보다 크게 들릴 때가 있다. 이런 날에는 창밖을 확인하지 않아도 밖에 비가 내리고 있음을 알 수 있다. 비가 오니 시냇물 수량이 늘어나 물 흐르는 소리가 크게 들리는 것이다.

계절의 변화는 피부가 먼저 느낀다. 요즘 들어 땀이 부쩍 많이 나는 것을 보니 여름이 다가오긴 하나 보다. 봄부터 덮고 자던 이불을 얇은 이불로 바꿨다.

이제 좀 살 만해지나 싶었더니 또 다른 복병이 등장했다. 바로 습도다. 이름부터가 벌써 습하다. 내가 습도를 두려워할 수밖에 없는 건 내가 사는 곳이 서귀포이기 때문이다. 서귀포의 여름 습도는 가히 상상을 초월한다. 습도가 낮은데 온도가 35도 이상이면? 타 죽는다. 온도가 30도 언저리라도 습도가 90 이상이면? 쪄 죽는다. 경험상 기온이 높더라도 습도가 낮은 게 훨씬 낫다. 기온이 높아도 습도가 낮다면 그늘 아래로 피하면 된다. 그러나 더운 날, 습도까지 높으면 답이 없다.

뉴스를 보니 이제 곧 장마가 온단다. 습도가 생활에 미치는 악영향을 몸소 체험한 나는 태풍을 앞둔 농부 마냥 장마철 대비로 바빴다. 전기를 못 쓰니 일반 제습기는 못 쓰겠고 아쉬운 마음에 샤오미 휴대용 미니 제습기를 2개 샀다. 가격이 싸고(2개에 3만 5,000원 정도) 전기가 없어도 쓸 수 있다는 게 장점이다.

그런데 막상 미니 제습기 2개를 사놓고 보니 걱정이 생겼다. 음료수 캔 크기의 미니 제습기 2개가 캠핑카 안의 습기를 모두 빨아들일 수 있을까? 게다가 이제 곧 장마다. 결국 생애 최초로 1회용 제습제를 샀다. '가능한 한 1회 용품 쓰지 않기'가 철칙이었으나 이번에는 대안이 없었다. 하늘이시여, 이번 한 번만 용서해주십시오. 신에게는 2개의 미니 제습기가 있사오나 이것만으로는 안 될 것 같습니다.

문제는 그렇게 불편한 마음으로 산 1회용 제습제가 도무지 반응이 없다는 것이었다. 제습제를 놓아두면 며칠 안에 통 안에 물이 고인다는데 물 한 방울 모이지 않았다. 이유를 궁리하다 내린 결론은 '내 집이 좁아서'였다. 1.5평이니 제습제가 그다지 필요하지 않았던 것이다. 어쩌면 샤오미 휴대용 제습기 2개면 충분했을 수도 있겠다. 집이 좁으니 이런 건 참 좋다. 공간이 작으니 온도나 습도 조절하기가 참 쉽다.

내가 봐도 나는 참 긍정적이다. 그래서 밴 라이프에도 금세 적응한 것 같다. 습도, 더위, 추위 따위의 불편함이 창이라면 긍정 마인드는 방패다. 아직까지는 창이 방패를 못 뚫고 있다. 앞으로도 긍정 마인드라는 방패가 뚫릴 일은 없을 것이다. 그 유명한 영화 대사처럼, 어떤 상황에서도 난 결국 답을 찾고야 말 테니까.

우린 답을 찾을 것이다, 늘 그랬듯이.

- 영화 〈인터스텔라〉 중

장마도 지나가리라. 이제 곧 더위가 찾아오겠지? 장마도 견뎠는데 더위 따위야. 더우면 산으로 가면 된다. 자연은 늘 답을 알고 있다.

•••
그동안 잘 때마다
ASMR을 깔아주느라
수고했다.

퍼거슨, 또 의문의 1승

밴 라이프를 시작하면서 인스타그램을 처음 해봤다. 평소 SNS의 약자는 'Social Network Service'가 아니라 'S(시간) N(낭비) S(서비스)'여야 한다고 주장할 만큼, 나는 SNS에 부정적인 사람이다. 그랬던 사람이 왜 SNS를 시작했는지 묻는다면 구차한 변명을 해보겠다.

혼자 살면 시간이 남아돈다. 남는 시간에 하루에 하나씩 사진과 짧은 글을 인스타그램에 올리면 재미있겠다 싶었다. 이름 붙이자면 '1 Day 1 Note' 프로젝트랄까.

처음 며칠은 재미있었다. 사진 편집 어플만 활용하면 그럴듯한 작품이 뚝딱 완성됐다. 페이스북도, 인스타도 해본 적 없던 나는 모든 게 신기할 따름이었다. 10일쯤 지나자 휴대폰 상단에 뜨는 '좋아요' 알림에 신경 쓰는 나를 발견했다. 'SNS를 시작하면 신경 쓸 일이 많아진다는 말이 이런 뜻이었구나' 하면서도 크게 개의치는 않았다. 누군가에게 "뭘 하면 SNS에서 '좋아요'를 더 받을 수 있을지 고민할 시간에 내가 '좋아요'라고 할 만한 일을 찾으세요."라고 조언했던 일은 까마득히 잊어버렸다.

'1 Day 1 Note' 프로젝트 27일째. 이날 올린 사진을 보며 느낀 소름 끼치는 사실 때문에 나는 그 자리에서 인스타그램 앱을 삭제했다. 내가 인스타그램에 중독된 사람들을 비판할 때 쓰던 '행복을 전시하는 삶'이라는 표현처럼, 내가 올린 사진 속에서 나는 행복을 전시하고 있었다.

'지금 저 행복해요. 누가 날 좀 봐주세요.'

사진은 분명 그렇게 외치고 있었다. SNS에 굳이 행복을 전시하는 사람들은 바로 티가 난다. 그런 사람들을 볼 때면 백조 같다고 생각해왔다. 수면 위에서는 우아하게 떠다니지만 수면 아래서는 열심히 발을 놀리는 백조 말이다. 그런데 나 또한 그들과 별반 다르지 않음을 느꼈을 때의 비루함이란….

　막상 인스타그램 계정을 삭제하고 보니 그동안 업로드했던 사진이 아까워서 여기 옮겨본다. 지금 보니 손발이 오글거리는 사진이 몇 장 보인다. 역시 나는 SNS랑은 안 맞나 보다.

　EPL 맨체스터 유나이티드의 명장 알렉스 퍼거슨은 "SNS는 인생의 낭비다."라고 했다. 지금 이 순간에도 그는 SNS로 고통받는 수많은 사람으로 인해 의문의 n승을 거두고 있다. 퍼거슨 옹, 저로 인해 1승을 추가했네요. 축하합니다.

Somewhere only we know

• • •

나의 인스타그램 기록

어차피 너나 나나

초등학생이었을 때, 비 오는 날에 즐기던 소소한 놀이가 있었다. 비마중 나온 달팽이를 등하굣길에 관찰하는 일이었다. 어떨 때는 징그럽다는 생각이 들 정도로 달팽이가 많았다. '사람들은 날씨가 좋으면 여행 가고 싶은 날이라며 밖으로 나가는데, 달팽이들은 햇볕 쨍쨍한 날에는 보이지도 않다가 비 오는 날만 되면 여행을 가네?' 하고 의아해하면서 달팽이 옆에 앉아 관찰하곤 했다.

언젠가부터 비 오는 날인데도 달팽이가 보이지 않았다. 그 이유가 난개발 때문인지, 갑자기 많아진 차 때문인지, 지구 온난화 때문인지 알 길 없으나 비 오는 날의 소소한 재미 하나가 사라져 아쉬웠다. 그러고 보니 어릴 적에는 여름에 매미 소리로 온 동네가 시끄러웠는데 요즘은 매미 소리도 안 들린다.

비 오는 어느 날, 우연히 달팽이를 발견했다. 얼마 만에 보는 달팽이인지, 참 반가웠다. 가만히 지켜보고 있자니 달팽이가 부러워졌다. 태어날 때부터 '1달(팽이) 1주택'을 부여받는 생이라니. 1달 1주택에 만족하며 자유롭게 살다가 세상을 떠날 때는 자기 몸에 얹힌 집과 함께 묻힌다. 적당한 나이에 집 한 채 사고 평생 대출금 갚느라 아등바등하는 사람들에 비하면 얼마나 자유롭고 행복한 삶인가.

하는 짓도 귀엽다. 몸을 움츠렸다 펴면서 앞으로 나아가는 신축성, 남들과 비교하지 않고 느릿느릿 제 속도로 삶을 향유하는 여유, 등 위에 얹은 집 안으로 들어가서 잠시 쉬는 낭만, 몸은 집 안에 숨기고 눈만 안테나처럼 세워서 적을 경계하는 잠망경 기능까지 탑재했다. 이렇게 귀여움, 여유, 낭만, 기능을 동시 장착한 생물이 또 있을까 싶다.

문득 캠핑카에 사는 내가 달팽이를 닮았다는 생각을 했다. 차이가 있다면 나는 캠핑카를 돈으로 샀지만, 달팽이는 태어날 때 기본 옵션으로 집을 제공받는다는 것 정도일까.

아스팔트 위를 천천히 유영하는 달팽이를 수풀로 옮겨주려다 말았다. 내 마음대로 달팽이를 다른 곳으로 옮기는 것도 달팽이의 자유를 침해하는 것일 테니까. 패닉의 노래 〈달팽이〉 가사처럼, '언젠가 먼 훗날에 저 넓고 거친 세상 끝 바다로' 가는 길인 줄 누가 알겠는가. 적어도 이곳은 사람도 많지 않고 차도 거의 다니지 않는 곳이니 네 갈 길 네 마음대로 가려무나. 어차피 너나 나나, 지구라는 별 여행하다 가려고 여기 온 것 아니겠나.

・・・

출근길에 우연히 발견한 달팽이.
눈을 안테나 마냥 바짝 세워
나를 경계하는 모습이 귀엽다.

떠나고 싶은 날, 떠 있고 싶은 날

　이유 없이 떠나고 싶은 날, 사람에 치이고 싶지 않은 날, 세상과 멀찍이 떨어져 있고 싶은 날이 있다. 이런 날은 패들보드가 답이다. 평소에는 캠핑카 앞자리에 찌그려 두었다가도 떠나고 싶은 날 꺼내 공기를 주입하면 작은 배가 된다. 서핑 보드와 비슷하게 생겼지만 결정적 차이가 있다. 서핑 보드는 파도가 있는 날만 탈 수 있지만, 패들보드는 파도가 없는 날이 더 좋다. 노를 젓기만 하면 내가 가는 곳이 길이 된다.

　한동안 볕 좋은 날이 드물었는데 간만에 햇빛이 비치니 오늘이다 싶었다. 오늘따라 파도도 잔잔하다. 블루투스 스피커에 좋아하는 음악을 담아 바다로 향했다. 패들보드를 바다에 띄우고 노를 몇 번 저었더니 잘도 나간다. 때마침 노을이 지고 있었다. 이제 오늘의 미션을 수행할 차례다.

오늘의 미션
바다 위에서 좋아하는 음악 들으며 노을 보고 멍 때리기

한참을 바다 위에 떠 있었다. 패들보드에 걸터앉아 두 다리를 바다에 담그고 그새 멀어진 땅을 바라보고 있으니 좋다. 그냥 좋다. 뭔가를 싫어하는 데에는 수십 가지 이유를 갖다댈 수 있어도 뭔가를 좋아하는 데에는 특별한 이유가 없다. 그냥 좋다. 그렇게 행복에 겨워 멍 때리다 보니 사진 찍을 타이밍도 놓쳤다.

해가 제 집을 찾아가고 어둠이 제 집을 찾아오고 나서야 휴대폰 카메라를 꺼내 들었다. 눈앞에 펼쳐진 비현실적인 풍경(시각), 파도 부서지는 소리(청각), 비린 듯 비리지 않은 바다 내음(후각), 바다의 속삭임을 느끼는 맨발의 감촉(촉각). 모든 것이 완벽하다. 시원한 맥주 한 잔만 있으면 더 바랄 게 없겠다 싶다가도 이만하면

됐지 뭘 바라나 싶어 이내 마음을 접는다. 그렇게 '선셋 바이브'라 이름 붙인 내 플레이리스트가 끝날 때까지 3시간을 바다 위에 떠 있었다.

밤 10시가 되어서야 땅으로 돌아왔다. 노을, 좋아하는 음악, 별, 밤 배, 밤바다, 바닷물의 부드러운 감촉…, 내가 좋아하는 것이 모여 시너지 효과까지 일으키는데 여기서 뭔가를 더 바라는 사람은 행복할 자격이 없다.

"난 이거면 됐다." 내가 행복을 느낄 때마다 나지막이 내뱉는 표현이다. 늘 말하지만, 행복은 돈이 아니다. 좋아하는 뭔가를 할 때 느껴지는 감정일 뿐이다. 그래서 좋아하는 게 뭔지를 알고, 좋아하는 게 여러 개 있는 사람에게는 행복만큼 쉬운 것도 없다.

캠핑카로 돌아온 이후로도 밤하늘에는 별이 가득했고 한치잡이 배들은 부지런했으며 파도는 제 할 일을 멈추지 않았다. 바다에서 또 다른 밤을 맞이해도 이 아름다운 풍경은 그대로겠지. 어떤 날은 오늘 뜨지 않은 보름달도 뜨겠지. 또 어떤 날은 달빛이 바다 위에 부서지겠지. 그때 나만 그 풍경 속으로 들어가면 된다. 앞으로도 자주 바다 위에 떠 있게 될 것 같다. 이렇게 또 하나의 행복이 늘었다.

...
바다에는 길이 없다.
내가 가는 곳이 길이다.

...
패들 하나만 있으면
어디든 갈 수 있다.

더 이상 바랄 것도,
두려울 것도 없으니

드디어 장마가 끝났다. 장마가 끝났는데도 습도는 떨어질 줄 모른다. 밤마다 열대야가 계속되니 '밴 라이프를 지속할 수 있을까?' 하는 생각마저 들었다. 무더위에 하루 종일 마스크를 끼고 근무하다 보니 급격히 체력이 떨어지는 게 느껴졌다. 결국 며칠 동안 부모님 집에서 쉬면서 뒷일을 도모하기로 했다. 특단의 대책이 필요했다. 진정 에어컨 없는 밴 라이프는 불가능한 것일까?

해발고도가 높을수록 기온은 떨어진다고 배웠다. 해발고도를 높여 중산간으로 올라가면 최소한 열대야는 없을 테니 살만하지 않을까? 그래, 산으로 가보자! 돈내코 계곡으로 거주지를 옮겨봤다. 예상대로 시원했다. 습도도 예상보다 낮았다.

이제 씻을 곳만 찾으면 된다. 계곡으로 내려가봤다. 사시사철 흐르는 시냇물이 보인다. 밤에는 여기서 씻으면 될 것 같은데…. 이야기가 〈나는 자연인이다〉로 흘러가려는 찰나, 무료 샤워장 푯말을 발견했다. 간만에 세금 낸 보람을 느꼈다.

한여름 밤에도 자다가 추워서 깰 수 있는 곳이 있음을 그날 밤에 알았다. 역시 답은 자연 속에 있다. 밴 라이프는 다시 이렇게 현실이 됐다. 이제 나는 더위도, 습도도 두렵지 않다.

나는 아무것도 바라지 않는다.
나는 아무것도 두렵지 않다.
나는 자유다.

- 니코스 카잔차키스(1883-1957)의 묘비명

니코스 카잔차키스^{Nikos Kazantzakis}가 남긴 묘비명의 의미를 이제 조금은 알 것 같다. 더 이상 바랄 것도, 두려울 것도 없는 자유. 행복이라는 나무의 잔가지들을 다 쳐내고 큰 줄기 하나만 남기면 결국

'자유'라는 두 글자만 남지 않을까? 니코스 카잔차키스처럼, 그가 남긴 명작 『그리스인 조르바』의 주인공 조르바처럼 살다 가자. 아무것도 바라는 것 없이, 두려울 것도 없이, 자유롭게.

서핑

Life is better
when you surf

기회라는 이름의 파도

서핑은 기다림의 미학이다. 좋은 파도가 올 때까지 기다림을 인내하는 서퍼에게만 파도를 탈 자격이 주어진다. 좋은 파도가 오더라도 그 파도를 탈 실력을 갖추지 못했다면 '통돌이 세탁기 속에서 돌아가는 빨래의 마음'을 알게 될 것이다(서퍼들은 파도 위에서 중심을 잃고 넘어졌을 때 파도에 말리는 현상을 '통돌이 당했다'라고 표현한다). 좋은 파도를 탈 수 있을 때까지 부단히 노력하며 '파도를 탈 수 있는 나'를 기다릴 수 있어야 한다.

서핑은 기다릴 줄 아는 자에게만 주어지는 바다의 선물이다. 언제까지 기다려야 하냐고 투덜댈 수도 있겠다. 다행히 보드 위에 앉아 파도를 기다리는 느낌은 꽤 낭만적이다. 바닷물이 살결에 닿는 부드러운 감촉, 바다 위로 부서지는 햇살, 태양의 위치에 따라 시시각각 변하는 하늘의 색깔…. 내 몸 하나 뉘면 남는 공간도 없는 보드일지라도 그 위에서 한없이 자유로워질 수 있다. 그렇게 멍하니 파도를 바라보고 있노라면 기회는 반드시 찾아온다. 그때 기회를 잡는 사람이 파도의 주인이다.

시련이라는 이름의 파도

파도는 때로 시련을 상징한다. 아직도 내게 파도는 기회보다는 시련에 가깝다. 서핑은 생각보다 훨씬 어려운 운동이다. 이따금 몰아치는 강한 파도는 당신이 큰 파도를 탈 자격이 있는지 시험하는 일종의 자격증 시험이다. 파도는 솔직해서 실력이 부족한 서퍼는 여지없이 내동댕이 쳐버린다. 중요한 건 시련에 대처하는 서퍼의 자세다. 세상사가 늘 그렇듯, 그 시련을 견뎌낸 자만이 훌륭한 서퍼가 될 수 있다.

파도를 잡기 위해 다양한 파도를 넘다 보니 인생을 살아가는 지혜를 터득하기도 했다. 파도를 거스를 때 무섭다고 옆으로 피하면 보드와 함께 뒤집힌다. 오히려 파도의 힘을 받는 면적이 넓어지기 때문이다. 파도를 거스르는 유일한 방법은 '정면으로 거스르는 것' 이다. 삶의 위기 상황에서도 정면 돌파는 최선의 카드 아니던가.

가끔 인생이 누군가가 짠 시나리오대로 흘러가는 게 아닌가 싶을 때가 있다. 내 인생의 시나리오를 쓴 작가에게 불만이 있다면, 시련이라는 이름의 파도를 너무 일찍 보냈다는 것이다. 잔잔한 호수 같은 삶은 나랑 어울리지 않음을 알고 파도를 일찍부터 보내준 것까지는 감사하다. 그렇다고 그 어린 나이에 집채만 한 파도를 보내면 어떡하나, 어떻게 감당하라는 것이냐며 한때는 원망도 했더랬다. 그것은 차라리 쓰나미에 가까웠으므로.

남들이 평생 겪을 고통을 짧은 시간 안에 감내해야 했기에 먼 미래를 내다보는 것조차 사치였던 때가 있었다. 지금은 오히려 그때 일찍 파도를 보내준 내 운명에 감사한다. 큰 파도를 일찍 겪었기에 어떤 파도가 와도 웃으며 이겨낼 수 있는 사람이 될 수 있었다. 그까짓 파도에 왜 그리 힘들어했을까 하며, 나는 오늘도 다른 파도를 기다린다.

누구에게나 파도는 밀려든다. 중요한 것은 파도를 대하는 자세다. 부서질 각오로 그 자리에 서서 파도를 맞아보는 것도 나쁘지 않지만, 한 번쯤은 감당할 수 없는 파도를 정면으로 거슬러보자. 지금의 시련을 기회라 생각하며 시련을 극복하는 과정을 즐겨보자. 파도를 거슬러 먼 바다로 나가 내게 가장 어울리는 파도를 타보자. 파도라는 이름의 시련에 서핑을 그만두게 될지, 나처럼 파도를 다시 찾게 될지 알 수 없지만 한 가지는 분명히 말할 수 있다. Life is better when you surf(서핑을 하면 삶이 더 좋아진다).

4장

인생에는 때때로
쉼표가 필요한걸요

쉼표

문장 부호 중에서 쉼표를 가장 좋아한다. 일단 잠시 쉬어간다는 느낌이 좋다. 지금이 끝이 아니라는, 뒤에 뭔가가 이어질 것이라는 기대감이 좋다. 쉼표를 찍어 읽는 이에게 호흡할 여유를 주려는, 글쓴이의 따뜻한 마음이 느껴져서 좋다.

군이 다른 문장 부호의 단점을 들춰본다면, 느낌표는 너무 강렬해서 달리 생각할 여지를 주지 않는다. 마치 '이게 확실해! 이것만이 답이야!'라고 말하는 듯하다. 물음표는 확실함이 부족하다는 면에서 우리 인생과 가장 닮아 있지만, 밤안개처럼 모호하고 불안하다. 마침표에는 확실함은 있지만, 쉼표 같은 따뜻함은 없다. 무엇보다도 느낌표, 물음표, 마침표. 이 셋의 공통점은 문장을 끝낸다는 것이다.

인생이 하나의 문장이라면 내 인생에 마침표를 찍을 때까지 모든 과정은 쉼표라고 할 수 있지 않을까. 밴 라이프도 마찬가지다. 처음부터 사계절을 캠핑카에서 살아보는 것을 목표로 했다. 일단 1년 살아보고 쉼표를 찍고, 마침표는 내가 내킬 때 찍으리라 다짐했다.

코로나 바이러스가 발목을 잡기 전까지는 그랬다. 코로나 재확산으로 아내와 아이들이 사는 청주 지역의 어린이집이 장기간 휴원에 돌입했다. 혼자 두 아이를 돌보며 대학원 수업을 들어야 하는 아내는 어린이집 휴원이 길어질 것 같으니 하루빨리 제주도로 돌아가야 할 것 같다고 말했다. 다행히 아내가 다니는 대학원은 온라인으로 강의가 진행되고 있었다. 2주마다 열리는 교수와의 대면 미팅에만 참여할 수 있다면 불가능한 계획은 아니었다.

이사할 집 알아보기, 전세 계약, 두 자녀의 어린이집 옮기기, 이사 업체 선정, 이삿짐 싸기, 이사. 이 모든 게 일주일 안에 이루어졌다. 복잡한 일들을 척척 해내는 아내를 보며 아내와 나 사이에도 쉼표가 필요하다고 느꼈다. 프로 게을러인 나, 부지런한 아내. 이

무렵 캠핑카에 누워 있으면 왠지 공허하고 쓸쓸한 마음이 들었다. 가족이 돌아온다는 것은 밴 라이프에 쉼표를 찍을 때가 왔다는 의미였기 때문이다.

유난히 덥고 습했던 여름을 겨우 견뎌내고 사계절 중 내가 가장 좋아하는 가을과 겨울을 눈앞에 두고 있는데, 남은 두 계절을 캠핑카에서 살아보지 못하게 되다니…. 하지만 더 이상 가족과 헤어지며 눈시울 붉힐 일은 없다. 혼자만의 밴 라이프가 아닌 가족과 함께 떠나는 간헐적 밴 라이프를 이어가면 될 터이니 기분 좋게 쉼표를 찍어야겠다.

쉼표를 찍기 전에 나에게 질문을 던졌다. 밴 라이프 이전의 나와 지금의 나는 뭐가 달라졌을까? 지금의 나는 밴 라이프 살아보기 전의 나보다 더 나은 사람이기는 할까? 솔직히 확답은 못하겠다. 그때의 나나 지금의 나나, 여전히 '자주 서툴고, 가끔 멋있고, 매일 게으른 나'일 뿐이다. 다만 지난 반년의 밴 라이프를 통해 확실히 알게 됐다.

내 피에 여행자 DNA가 흐르고 있음을, 밴 라이프만큼 나와 찰떡인 라이프스타일은 없음을, 행복하게 사는 데 생각보다 많은 소유물이 필요하지 않음을, 가진 게 별로 없어도 세상 다 가진 사람처럼 살아갈 수 있음을, 비우는 만큼 나누는 만큼 행복해질 수 있음을, 혼자라면 한 달 50만 원 정도의 돈으로도 얼마든지 행복하게 살아갈 수 있음을, 한전에서 제공하는 전기를 쓰지 않고도 태양만 있다면 얼마든지 전기를 만들어 살아갈 수 있음을, 단순하고 간소한 삶만이 나를 삭막한 세상으로부터 구원해줄 대안임을, 다른 사람과 나를 비교할 필요 없음을, 나답게 살아가는 게 행복에 닿는 가장 빠른 지름길임을, 나의 존재로 누군가를 행복하게 할 수 있다면 그보다 더한 존재의 의미는 없음을 알았다.

지금 이 순간에도 하늘에는 별이 떠 있고 바다에는 쉴 없이 파도가 치며 숲에는 늘 새소리가 울린다는 사실을, 이것들은 대자연의 신비에 감탄할 준비가 되어있는 사람의 눈과 귀에만 들어온다는 사실을, 인생은 결국 여행임을, 살아있는 순간순간 주어진 모든 것에 감사하며 살아가야 함을 알았다.

잠시 쉬어가지만 내 소풍은 계속된다. 끝이 아니기에 마침표는 찍지 않는다.

인생에 쉼표가
필요할 때마다 찾는 곳.
여기서는 바다도 쉬어간다.

별 보러 가자

설렘이라는 감정을 좋아한다. 돌이켜보면 밴 라이프는 설렘의 연속이었고, 지금도 캠핑카에 있을 때면 설렌다.

그중에서도 가장 설레는 순간은 새벽에 캠핑카 문을 여는 순간 이다. 콘크리트 집의 문을 열면 또 다른 콘크리트 벽이 날 막아서 지만, 캠핑카의 문을 열면 바로 밤하늘이 보인다. 이때 캠핑카의 단 하나뿐인 문은 자연의 속살로 들어가는 입구이자 나가면 세상 과 단절되는 출구가 된다.

캠핑카에서 사는 동안 나는 주로 바닷가에 차를 세웠다. 그 덕분에 문을 열자마자 밤하늘 별무리가 나를 감싸는 황홀한 경험을 몇 번 했다. 이런 경험을 몇 번 한 뒤로 새벽 추위에 못 이겨 일어날 때면 억지로라도 밤하늘을 바라보게 됐다.

우주, 별, 지구, 그 속의 나. 밤하늘을 멍하니 바라보고 있으면 뭉클한 뭔가가 마음 저 밑바닥에서부터 올라왔다. 그것은 '살아있다는 실감'이었다. 우주에 비하면 먼지보다 작은 지구라는 별에서, 지구에 비하면 먼지만 한 내가, 지금 이 순간 생의 아름다움에 사무쳐 눈물을 흘릴 수 있는 것은 내가 살아있기 때문이다. 이런 생각이 들 때면 졸립다가도 바로 잠에서 깨어버리곤 했다.

우리는 이미 로또 당첨자

도대체 우주의 끝은 어디일까? 끝이 있다면 어디가 끝이며, 그 너머는 어떤 모습일까? 빅뱅 이전의 우주는 어떤 모습이었을까? 이쯤 되면 철학과 종교가 생긴 이유를 알 것만 같다. 과학자들의 이론대로 빅뱅에 의해 우주가 탄생한 것이라면(우주라는 공간이 생긴 거라면) 수많은 별은 처음에 어떻게 탄생한 것일까? 지구라는 별의 땅, 바다, 흙, 돌, 물, 최초의 생명체. 이 모든 것은 어떤 과정을 거쳐 생성된 것일까? 우주 속에는 도대체 몇 개의 별이 존재할까? 지구상 모든 모래알 개수를 합쳐도 우주에 떠 있는 별의 개수보다는 작다는데, 도대체 우주는 얼마나 큰 것일까?

우주에 대한 사유는 이내 지구에 대한 사유로 확장된다. 우주 안에 지구처럼 생명체가 살 수 있는 행성이 존재할 확률이야말로 기적과 같은 확률이다. 이 확률에 비하면 로또 1등 당첨은 확률도 아니다. 기적의 확률로 생명체가 살 수 있는 조건을 갖추게 된 지구라는 별에 수십억 년 전 단세포 생물이 탄생하고, 어류, 파충류, 영장류로 이어지는 진화 과정을 거쳐 원시 인류가 호모 사피언스가 되었다. 태초의 호모 사피언스가 지금의 내가 되기까지 몇 세대를 거쳐 나는 지금의 내가 되었을까. 내 윗세대에서 일어난 무수히 많은 일 중 사소한 단 하나의 사실만 어긋났어도 지금의 나는 존재하지 않았을 것이다.

쉬운 예로 내 할아버지의 할아버지가 태어난 지 5343일째 되는 날 아침에 귀찮아서 20분 늦게 일어났다면, 그 뒤에 일이 어떻게 전개됐을지 아무도 모른다. 아버지가 태어난 지 2422일째 되는 날 저녁에 입맛이 없어서 식사를 걸렀다면 그 뒤에 일이 어떻게 전개됐을지 아무도 모른다. 이런 생각을 하다 보면 그저 감사하게 된다. 이유도 모르고 세상에 태어났으나, 나를 나로 맞이하여 우주

속 나의 존재와 '지금 이 순간'을 느끼는 황홀의 시간이다. 여기에 무엇을 보탤 것이며 보태봐야 무슨 의미가 있을까.

가끔은 밤하늘의 별을 보자

그나저나 지금 내가 바라보는 저 별빛은 '지금' 나는 빛이 아니라 '아주 오래전'에 낸 빛이라고 한다. 어떤 별빛은 수백만 년 전에 보낸 것이 지금 지구에 닿은 것일 수도 있단다. 우주의 가늠할 수 없는 크기에 또 한 번 감탄한다.

여기서 심쿵 포인트를 하나 더하자면 지금 내가 보는 별빛 중에는 이미 폭발하고 사라진 별이 보낸 빛도 있다고 한다. 별이 사라져도 별빛은 사라지지 않고 우주를 여행하다니, 너무 멋진 여행 아닌가? 사람으로 따지면 '사람은 죽고 사라졌는데 그 사람이 남긴 무언가는 후세에 영향을 미치는 것'에 비유할 수 있겠다.

나도 그런 삶을 살고 싶다. 세상 사람들에게 그런 존재로 남는 게 너무 큰 욕심이라면, 내가 사랑하는 사람들한테만이라도 그런 존재로 남고 싶다. 그래서 가끔 두 딸에게 말하곤 한다.

"아빠가 언젠가 세상을 떠나도 저 별빛처럼 너희를 환하게 비출게. 그러니 아빠가 세상을 떠난 후, 아빠가 보고 싶은 날엔 별을 바라봐. 그때 유난히 밝게 빛나는 별이 있을 거야. 그 별빛이 아빠가 남긴 마음이란다. 별빛을 보낸 별은 사라졌지만 별빛은 너희에게 닿았듯이, 아빠는 사라져도 아빠의 마음은 영원히 너희 곁에 남을 거야."

내가 딸에게 이런 말을 하는 이유는 하루 한 번은 밤하늘을 바라보는 사람이 되길 바라서다. 저 밤하늘의 빛처럼, 늘 곁에 있어주고 싶은 사람이 있음을 기억하길 바라서다. 그렇게 생각하면 사랑하는 사람이 세상을 떠나도 조금은 마음이 편해지지 않을까?

우리 가끔은 별 보러 가자. 그게 어렵다면 아주 가끔씩이라도 밤하늘을 바라보는 사람이 되자. 그런다고 더 나은 사람이 되는 것은 아니라도 최소한 주어진 것에 감사하는 사람은 되더라.

···

별일 없이 살아도
별 볼 일은 많아요.

내가 진짜 갖고 싶었던 것

후배로부터 전화가 왔다.

"형, 잘 지내시죠? 다름 아니고 저도 갑자기 캠핑카 뽐뿌가 오는데 주변에 물어볼 사람이 형밖에 없네요. 캠핑카 살 만해요?"

질문을 확실히 할 필요가 있었다.

"캠핑카를 살 만한 경제적 가치가 있는지 물어보는 거야? 아니면 캠핑카에서 살면 행복한지 물어보는 거야?"

"저는 캠핑카에서 살 건 아니고요. 캠핑카 하나 있으면 주말마다 놀러 다니고 좋을 것 같아서요. 그런데 이게 가격이 한두 푼이 아니다 보니 결정이 쉽지 않네요."

"일단 나는 캠핑카에서 사는 동안 더없이 행복했는데, 너도 행복할지는 모르겠어. 뭐든 마찬가지지만 해보지 않으면 모르니까. 다만 캠핑카를 사고 나서 뒤늦게 너랑 맞지 않는다는 걸 깨닫게 된다면 캠핑카 홍보 영상마다 달리는 댓글의 의미를 알게 될 거야."

"그 댓글이 뭐예요?"

"캠핑카를 사면 딱 두 번 좋다. 살 때와 팔 때."

후배와의 대화가 길어졌다. 은행에서 대출까지 받아가며 캠핑카를 사게 된 이유, 캠핑카에서 살게 된 이유, 내 캠핑카에 화장실과 샤워실이 없는 이유, 그럼에도 불편함을 느끼지 않는 이유, 캠핑카를 출퇴근용으로 쓰는 이유 등을 설명하며 대화를 나누다 보니 후배의 궁금증이 점점 커지는 듯했다.

"화장실이랑 샤워실이 없다고요? 그럼 어떻게 살아요? 없으면 안 불편해요? 에어컨 없이 여름은 어떻게 보냈어요? 옷은 어떻게 빨아요? 전기는 어떻게 써요? 캠핑카를 출퇴근용으로 쓰는 게 가능해요?" 따위의 캠핑카 주요 질문 n종 세트가 이어지자 나는 딱 잘라 말했다.

"경험해보지 않으면 알 수 없어. 그냥 내 캠핑카 빌려줄 테니 여기서 한번 자봐. 그럼 어떤 느낌인지 알게 될 거야."

그렇게 후배는 캠핑카에서 가족과 함께 하룻밤을 보냈다. 후배가 어떤 결정을 내렸는지는 모르겠다. 다만 후배 덕분에 나는 내가 캠핑카를 처음 사기로 했을 때의 마음을 떠올리게 됐다. 지금 돌이켜봐도 그것은 나답지 않은, 참으로 대담한 결정이었다. 몇 천 원짜리 물건을 살 때에도 어디가 제일 싼지 따지는 내가 몇 천만 원짜리 차를 사는 데 1초의 망설임 없이 결정을 내렸다니! 은행에서 대출까지 받아 캠핑카를 사는 마당에 다른 사람에게 조언을 구하지도 않고 결정했다니! 어떻게 그런 일이 가능했을까?

나에게는 나에 대한 믿음이 있었던 것 같다. '나는 화장실, 샤워실, 에어컨 없이도 불편함 없이 살 수 있는 사람'이라는 믿음, 불편함을 불편함으로 받아들이지 않을 수 있다는 믿음, 캠핑카에 살면서 예상치 못한 어려움이 닥치더라도 슬기롭게 대처할 것이라는 믿음 말이다. 나에 대한 믿음이 있었기에 캠핑카를 살 수 있었고, 캠핑카에서 살 수 있었다.

어쩌면 내가 진짜 갖고 싶었던 것은 캠핑카가 아니라 어떤 환경에서도 꿋꿋이 살아가는 나, 1.5평짜리 공간만 있으면 어떻게든 행복하게 살아갈 수 있다는 믿음이었는지도 모르겠다.

...

저녁 노을 + BGM + 하이네켄
= 1시간짜리 천국행 티켓

딱 1평만 있으면 돼

한 달 전, 친구로부터 전화가 왔다.

"지금 나 누구랑 같이 있는 줄 아냐? 고등학교 동창 K!"

"와, 얼마 만에 들어보는 이름이냐. 걔 살아있었냐? 10년 전에 갑자기 연락이 끊겨서 뭐 하며 사나 궁금했는데….."

"나도 집 인테리어 맡겼다가 우연히 만났어. 인테리어 전기 담당 작업자로 얘가 왔더라고? 작업 끝나고 같이 술 한잔하고 있는데 너도 나올 수 있으면 나와."

"지금은 애들 봐야 해서 못 나가고, 다음에 날 잡아서 캠핑이나 같이 가자."

이때부터 이야기가 산으로 올라가기 시작했다.

"그럼 다음에 산에서 같이 보는 건 어때? 너 저번에 백패킹 같이 하자고 했는데 내가 시간 못 내서 못 했잖아. 나도 백패킹 한번 해 보고 싶어. K도 캠핑 좋아한대."

나는 허세와 너스레를 7대 3의 비율로 섞어 대답했다.

"백패킹? 좋지. 근데 나랑 백패킹 한번 하면 다른 여행은 시시해서 못 가는 거 알지?"

그렇게 우리는 나의 역사적인 첫 백패킹 장소로 떠났다. 그곳은 바로 '제주 비무장지대(JDMZ)'다. '제주도에 비무장지대가 있다고?' 하고 의아해할지도 모르겠다. 내가 지은 이름이라 인터넷에 검색해봐도 안 나온다. 반경 4km 내에 사람을 찾아볼 수 없는 곳이어서 비무장지대라고 이름 붙였다.

이곳에서는 1평만 있어도 누구나 행복해질 수 있다. 노을빛 조명 아래 펼쳐진 수만 평짜리 앞마당이 눈앞에 펼쳐지기 때문이다. 태양이 제 집을 찾아가면 노을빛 조명은 이내 달빛 조명으로 옷을 갈아입는다. 적당한 온기를 머금은 바람이 내 뺨을 스친다. 그 와중에 세상에서 가장 큰 바람개비(풍력발전기)는 부지런히 제 할 일을 하고, 저 멀리 지나가는 차량의 헤드라이트는 멈춰 있던 화면에 생동감을 준다. 이때 미리 준비한 백패킹 BGM이 깔린다. 백패킹 BGM으로는 김광석, 이소라, 검정치마, 9와 숫자들의 노래처럼 잔잔하고 가사가 좋은 음악을 추천한다.

나의 '짬바(짬에서 나오는 바이브)'에 감격한 친구가 말했다.

"사람은 일단 뭐든지 해봐야 하는 것 같아. 내가 여기 와보지 않았다면 이런 세계가 있다는 걸 몰랐을 거 아냐?"

···
행복한 만찬을
즐기는 데 필요한 것은
몇 개 없다.

•••
바람과 경치가 다 했다.

약속을 하지 않겠다는 약속

평소 약속을 하지 않는 편이다. 결국 지키지 못할 것을 잘 알기 때문이다. 그런 의미에서 지금껏 살면서 가장 오랫동안 지켜온 약속은 '약속을 하지 않겠다는 약속'인지도 모르겠다.

지키지 못할 것을 알면서도 약속을 하게 되는 때가 있는데, 매년 12월 31일이 그렇다. 올해 12월 31일과 내년 1월 1일은 별다를 게 없다는 것을 알면서도, 한 해를 마무리할 즈음이 되면 나도 모르게 약속을 하게 된다.

그런데 꼭 지켜져야만 아름다운 약속일까? 약속의 사전적 정의

는 '장래의 일을 상대방과 미리 정하여 어기지 않을 것을 다짐함'
이다. 애초에 지키기 힘드니까 탄생한 단어다. 약속이 지키기 쉬운
무엇이었다면 약속의 의미에 '다짐'이라는 단어가 들어갈 이유가
없다. 지키기 어렵다는 것을 알기 때문에 어떤 일을 반드시 행하겠
다는 군건한 마음을 '다지는' 것이다.

'그래. 지키지 못할지라도 다짐은 할 수 있지' 하고 새해 약속을
해본다. 내게 새해 약속은 저물어가는 한 해를 보내는 때에만 가질
수 있는 특권이니까.

이번 내 새해 약속은 '나와 잘 지내기'다. 글을 쓰면서부터 나와
마주 앉아 대화하는 시간이 많아졌다. 글을 통해 내가 걸어온 길을
되밟는 시간이 길어졌다는 뜻이다. 한때는 그토록 싫어했던 나였
는데, 마음의 상처 회복력이 약해서 유난히 눈물 많던 아이를 꼬옥
안아줄 사람은 결국 나뿐이란 것을 글을 쓰면서 깨달았다.

그렇게 어린 시절의 나를 껴안기 시작했다. 어린 시절의 상처를
보듬는 과정은 흡사 심해 잠수부가 바다 밑바닥까지 들어가 바닥
의 찌꺼기를 휘젓는 장면과도 같았다. 볕이 들지 않는 바다 밑바닥
의 정체는 내 심연이었다. 심연의 밑바닥을 휘저을 때마다 온갖 찌
꺼기가 떠올랐다. 어둡고 뿌연 그것의 정체는 내 안의 상처이자 감

정의 불순물이었다. 글 속에서 내 상처를 똑바로 대면할 때마다 마음이 편해졌다. 감정의 불순물들이 서서히 녹아 사라지는 느낌이랄까. 이런 게 진정 치유인 걸까. 그렇게 나는 글 속에서 조금씩 나와 가까워졌다.

글뿐만 아니라 '길'도 나와 나 사이의 거리를 좁히는 데 결정적인 역할을 해줬다. 언젠가 길 위에서 '인생은 여행이다'라고 느꼈던 적이 있다. '인생은 여행이다'로 끝내기에는 삶이 그리 단순한 것 같지는 않아서 '인생은 나를 데리고 떠나는 여행이다'라고 문장을 고쳐 적었다.

인생은 나를 데리고 떠나는 여행이다. 마음 안 맞는 사람과 여행을 가본 사람은 잘 안다. 여행은 어디를 가느냐보다 누구와 함께 가느냐가 중요하다는 것을 말이다. 사랑하는 사람과 함께 걷는 동네 뒷산이 싫어하는 사람과 억지로 떠난 히말라야보다 나은 법이다. 그렇게 나는 길 위에서 조금씩 나와 가까워졌다.

나와 거리가 멀면 멀수록 삶은 힘들어진다. 내가 나와 가깝지 않으면, 심적으로 가장 먼 타인과 같이 사는 셈이 된다. 서른이 넘어서야 글과 길을 통해 겨우 가까워진 나, 가까울 때는 누구보다 가깝지만 멀어질 때는 길거리에서 마주치는 생면부지 타인보다도 멀어질 수 있는 나, 다가오는 새해에는 어렵게 가까워진 나와 다시는 멀어지고 싶지 않다.

내년에도 딱 지금처럼만 흘러갔으면 좋겠다. 멀어질 것도, 가까워질 것도 없이, 딱 지금처럼만.

...
10년째 매년 마지막 날에는
강정 해안도로를 찾는다.

나는 그곳에 있었다

몇 달 전, 친구가 카카오톡으로 사진 한 장을 보내며 "너 여기 알아?" 하고 물었다. 해안 절벽 끝에 걸친 조수 웅덩이 사진이었다. 물빛이 예사롭지 않았다. 해안가를 따라 제주도 한 바퀴를 다 걸어본 나도 처음 보는 곳이었다.

"여기 제주도 맞냐?"

"제주도 맞대. 여기까지 내려가는 길이 없어서 여태 알려지지 않았나 봐. 나도 가보고 싶은데 여러 가지 이유로 장소는 공개할 수 없다고 나와 있네."

장소를 공개 안 하는 이유를 알 것 같아서 더 묻지는 않았다. 그동안 인터넷에 위치가 알려지는 바람에 더는 갈 수 없게 된 장소가 얼마나 많았던가(최근에는 진곳내 물개바위가 또 그렇게 출입금지 장소가 됐다).

다른 사람의 발길이 거의 닿지 않은 미지의 땅이라니, 설렘이라는 것이 폭발했다. 실제로 보면 어떤 모습일지 두 눈으로 확인하고 싶어졌다. 다행히 땅 모양과 바다 배경을 조합하니 짐작 가는 곳이 있었다. 내 추측이 맞는다면, 그곳으로 가는 길은 해안 절벽 지형이다. 매우 위험하다는 뜻이다. 바다를 이용하는 게 오히려 안전할 듯했다. 오랜만에 공기주입식 카약을 꺼냈다. 그렇게 별안간, 예정에도 없던 항해를 떠났다.

그동안의 경험을 총동원해 찾아보았지만 실패했다. 못내 아쉬웠다. 다만 햇볕이 따뜻하고 경치가 좋아서, 카약을 타고 바다를 가르는 느낌이 좋아서 조금은 위안이 됐다. 이대로 포기해야 하는 걸까. 분명 이 근처 어디인 거 같은데…. 해가 저물어갔다. 별수 없이 뱃머리를 돌리며 다음을 기약했다.

사진 속 그곳은 내 기억에서 서서히 잊혔지만, 바닷가에서 비슷한 지형을 볼 때면 의식의 수면 위로 떠올랐다. 결국 닿지 못했기에, 그곳은 주기적으로 내 모험심을 자극했다. 언젠가는 반드시 찾아내리라, 어떻게든.

몇 달 후, 추가 단서 하나를 포착했다. 우연히 다른 누군가가 그곳을 찍은 사진을 봤는데 배경에 작은 바위섬이 보였다. 내가 예상했던 그곳이 맞았다. 나중에 알고 보니 그곳은 지대가 해수면보다 1~2m 높아서 카약을 타고 가면 찾기 어려운 곳이었다.

다음 날 바로 짐을 꾸렸다. 이번에는 길을 따라 가보기로 했다. 무작정 추정 장소 근처로 가서 해안가로 내려갈 수 있는 길을 찾아봤다. 기나긴 수색 끝에 사람들이 지나다닌 흔적을 발견했다. 내려가봤다. 예상대로 길이 험했다. 누군가 매달아놓은 밧줄을 타고 내려가야 하는 곳도 있어서 간만에 유격훈련을 받는 기분도 들었다.

다 내려오니 해가 지고 있었다. 안타깝게도 내가 찾던 그곳은 아니었다. 그러나 그곳 근처까지 왔음을 직감했다. 높은 곳에 올라가 주위를 둘러보니 저 멀리, 사진 속 지형과 유사한 지형이 보였다. 내가 찾는 그곳이 저 너머에 있다면 지금껏 사람들에게 발견되지 않은 이유가 설명이 된다. 가는 길이 없으니까 사람들이 몰랐던 것이다.

길이 없으면 만들면 된다. 내가 만든 길을 따라 해안 절벽을 하나 넘었다. 왠지 이 절벽만 넘으면 그곳이 나올 것만 같았다. 이런 순간에는 음악을 틀어놓지 않아도 머릿속에서 Keane의 〈Somewhere only we know〉 피아노 전주가 BGM으로 깔린다. 그날도 그랬다. 예상대로 절벽 너머에 그곳이 있었다. 마침내 그곳에 닿았다. 나는 그곳에 있었다.

나는 그곳에 있었다.

헤븐 체어 포인트.
저 바위에 걸터앉아
캔맥주 하나 까면
그곳이 천국이니라.

* * *

"동해물과 백두산이 마르고 닳도록~"
왠지 모르게 애국가가
부르고 싶어지는 그곳.

별 이불 덮고 자는 밤에

    모든 것은 한 장의 사진으로부터 시작됐다. 한밤의 오름 정상, 보름달을 배경으로 조명이 켜진 텐트 하나, 그 옆에 놓인 캠핑 의자에 앉아 커피를 마시는 한 남자.

    지금 보았다면 '어떻게 혼자서 저 각도로 사진을 찍었을까?' 정도의 궁금증만 불러일으킬 사진이 그때는 왜 그렇게 멋있어 보이던지. '저런 곳에 혼자 있으면 어떤 느낌이 들까? 밤에 오름 정상에서 제주의 야경을 바라보면 어떤 느낌일까? 그곳에서는 밤하늘의 별이 얼마나 잘 보일까?' 내 눈으로 직접 확인하고 싶어졌다.

당장 텐트와 침낭부터 샀다. 밤에 텐트 안에서 할 게 책 읽는 것 말고 더 있겠나 싶어 LED 조명도 하나 샀다. 이제 떠나는 일만 남았다. 집 거실에 텐트를 치고 예행연습을 했다. 텐트 안에서 딸과 놀아주면서 '소풍 마일리지'를 차곡차곡 쌓았다. 아내의 기분이 좋아 보이는 날 최대한 예의 바르게 이야기를 꺼냈다.

"내일 하루만 오름 백패킹 갔다 올게."

'하루만'이 지킬 수 없는 약속임을 알면서도 아내의 허락을 받기 위해서는 선의의 거짓말을 할 수밖에 없었다.

"혼자 가면 무섭지 않겠어요? 조심해서 갔다 와요."

아내의 결재가 떨어졌다. 막상 혼자 가려니 무서웠다. 하지만 설렘이 훨씬 컸다. 백패킹에는 역시 모터바이크다. 설렘도 잠시, 사진 속 오름을 내비게이션에 찍고 가는데 쉽지 않았다. 비포장도로로 이루어진 길이다 보니 내비게이션이 자꾸 엉뚱한 길을 안내했다. 별수 없이 지도와 위치 감각으로만 장소를 찾아보기로 했다.

그 와중에 휴대폰을 잃어버렸다. 휴대폰을 찾느라 20여 분을 허비했더니 노을이 지기 시작했다. 마음이 다급해졌다. 다행히 오름 방향으로 난 오솔길을 발견하고 냅다 달렸다. 해지기 전에 텐트를 쳐야만 제주 동부 오름 군락의 실루엣을 감상할 수 있다. 오름 정상에 도착하자마자 부랴부랴 텐트를 쳤다.

곧이어 찾아온 적막, 세상과의 단절. 대자연 속에 나 혼자 덩그러니 서 있다. 잠자던 모든 감각 세포가 일순간 깨어나는 느낌이었다. 들리지 않던 소리가 들리고, 보이지 않던 것들이 보였다. 바람이 살결에 와닿는 느낌도 오랜만이었다. 생각이 깊어졌다.

어둠이 짙어지자 백패킹을 위해 준비한 비장의 무기 '미리 살짝 얼려온 맥주와 블루투스 스피커'를 꺼냈다. 지겹도록 들었던 김광석의 노래들이 오늘따라 다르게 들렸다. 밤하늘의 별도, 풀이 바람에 흔들리는 소리도, 저 멀리 밤바다에 떠 있는 밤배의 행렬도, 모든 것이 새롭다.

낭만은 여기까지였다. 야밤에 이름 없는 오름에서 혼자 잠들려니 잠이 오지 않았다. 사람이 쉽게 찾아올 수 있는 곳이 아니기에 침입자 걱정은 없었다. 대신 오름 주변의 소나 말이 텐트를 공격하지는 않을까 하는 두려움이 엄습했다. 술 기운을 빌려 겨우 잠들었는데, 어리바리한 소가 텐트를 덮치는 악몽을 꾸고 새벽 3시에 잠에서 깼다. 이왕 깬 거 잘됐다 싶어 텐트 밖으로 나왔다.

쉼 없이 돌아가는 풍력 발전기, 저 멀리 도시에서 새어 나오는 불빛, 그 뒤로 성산일출봉과 우도의 흑백 실루엣. 이 모든 게 한데 어우러진 모습이 흡사 고흐의 〈별이 빛나는 밤〉 실사판을 보는 듯했다. 그렇게 한참을 앉아 있다가 시계를 보니 벌써 1시간이 지나 있었다. 다시 자려고 누웠는데 잠이 오지 않았다. 결국 일출은 보지도 못하고 텐트를 접어 집으로 돌아왔다.

혼자 있고 싶을 때, 어디론가 떠나고 싶을 때 언제든 떠날 수 있는 그곳이 있어서, 다시 사람의 품이 그리워지면 기쁜 마음으로 돌아올 수 있는 집이 있어서 행복했던 하루였다.

그 후로 백패킹의 매력에 빠져 바람 부는 대로, 물결치는 대로 자유롭게 쏘다녔다. 어디를 가든 오름은 오름대로, 바다는 바다대로, 들판은 들판대로 나름의 매력이 있어 장소는 중요치 않았다. 시원한 맥주와 블루투스 스피커만 있으면 그곳이 지상낙원이었다. 어두운 밤 나만 혼자 세상과 동떨어져 있다는 두려움도 점차 무뎌져 이제는 혼자 가더라도 일출을 보며 일어날 수 있을 만큼 마음도 편해졌다.

백패킹을 시작한 후로, 어디를 가든 근처에 텐트를 칠 만한 장소가 있는지 살피는 버릇이 생겼다. 하루는 성산일출봉이 정면으로 보이는 해변이 너무 예뻐서 텐트를 쳤다. 저 멀리 표지판이 보여 가까이 가보니 4.3 사건 유적지임을 알리는 표지판이었다. 파도 소리에 사람들의 비명이 함께 실려 오는 듯해서 서둘러 텐트를 거두었다. 누군가 비극적으로 생을 마감한 곳에서 홀로 행복한 시간을 보낸다는 게 영 마음에 걸려서 이후로도 4.3 사건 유적지에는 텐트를 치지 않는다.

어쩜 이리도 아름다운 땅 위에 그와 같은 비극이 일어났는지, 비극이 일어난 장소는 왜 이리 많은 것인지, 백패킹을 가려던 곳에서 4.3 유적지 표지판을 발견할 때마다 마음이 먹먹하다.

백패킹

달빛을 조명 삼아,
바람을 이불 삼아

　땅바닥에 침낭 하나 깔고 자는 행위도 백패킹의 범주에 넣는다
면, 내 백패킹 역사의 시작은 호주 울룰루 캠핑 투어로 거슬러 올
라간다. 당시는 청소 아르바이트를 하며 호주에 체류할 때라 수중
에 돈이 별로 없었다. 돈은 없고 울룰루는 가보고 싶어서 울며 겨
자 먹기로 선택한 것이 울룰루 캠핑 투어였다.

　울룰루 캠핑 투어는 처음부터 끝까지 참 가난한 투어였으나 추
억까지 가난하지는 않았다. 울룰루 캠핑 투어 아니면 어디서 그런
소중한 경험을 해볼 수 있었을까 싶다. 몇 가지 인상적인 추억을

옮겨본다.

울룰루는 사막 지대여서 물이 아주 귀했다. 목마름이 극에 달했을 때 가이드가 깜짝 선물로 건넸던 맥주는 지금껏 내 인생 가장 맛있는 맥주로 남아 있다.

여행 둘째 날은 여러모로 일이 많았다. 혼자 양산 쓰고 저만치 앞서가다 사라진 홍콩 아주머니를 찾느라 참가자 전원이 수색작업을 벌인 사건이 복선이었을까, 급기야 우리가 탄 버스가 캥거루를 들이받는 사고를 냈다. 가이드가 버스에서 내려 캥거루에게 다가가길래 캥거루를 살리려고 내리나 보다 했는데 그게 아니었다. 가이드는 버스 짐칸에서 삽을 꺼내더니 갑자기 캥거루를 내리쳤다.

버스로 돌아온 가이드는 손쓸 수 없는 치명상일 경우에는 빨리 죽이는 게 캥거루의 고통을 줄여주는 유일한 방법이라고 말했다. 죄책감은 숨길 수 없었던지 헛기침을 하며 돌아오던 그의 눈빛을 잊을 수 없다.

울룰루 캠핑 투어의 하이라이트는 태양의 빛에 따라 시시각각 옷을 갈아입는 울룰루의 일몰을 감상하며 저녁을 먹는 시간이었다. 버스 위에 미리 실어놨던 땔감으로 불을 피우고 군대에나 있을 법한 지름 1m짜리 대형 냄비에 재료를 전부 담아 요리를 시작했다. 우리의 가이드는 취사병 출신이 분명하다. 한정된 재료로 기가 막힌 음식을 만들어냈다.

드디어 울룰루의 선셋 디너쇼가 시작됐다. 우리는 쇼를 감상하며 준비한 음식을 맛있게 먹기만 하면 되었다. 그런데 그때 우리의 흥을 단번에 깨는 사건이 일어났다.

갑자기 초호화 버스가 우리 옆에 서더니 한눈에 봐도 부티 나는 사람들이 내렸다. 그곳에는 '사운드 오브 사일런스'라는 이름의 호화 뷔페가 준비되어 있었다. 어쩐지 1시간 전부터 멋지게 차려입은 웨이터 몇 명이 테이블과 음식을 세팅하더라. 나는 무슨 광고 촬영을 준비하는 줄 알았다.

부럽지는 않았다. 부러우면 지는 거다. 그런데 왜 자꾸 진 기분이 들지? 자본주의의 양지와 음지를 한 프레임 안에 넣어놓으면 딱 이 모습이겠다 싶어서 쓸쓸했지만, 잠시 후 펼쳐진 울룰루 선셋 쇼 덕에 돈 없는 서러움을 잊을 수 있었다. 돈이 많든 적든, 자연 앞에 우리는 모두 공평하다.

초호화 버스가 떠나자 잊지 못할 명장면이 탄생했다. 여행 내내 에너지 넘치던 브라질 친구 한 명이 뷔페 테이블로 뚜벅뚜벅 걸어가더니 테이블을 치우던 웨이터에게 말했다.

"남은 음식 버릴 거예요? 이거 먹어도 돼요?"

우리는 '너무 선 넘는 거 아닌가?' 싶으면서도 곁눈질로 다음 상황을 예의주시했다. 이내 떨어진 웨이터의 OK 사인! 우리는 누가 먼저랄 것도 없이 뷔페 장소로 달려갔다. '사운드 오브 사일런스'가 '사운드 오브 하이에나'가 되는 순간이었다. 먹이를 찾아 어슬렁거리는 하이에나를 본 적 있는가? 우리가 그날 그랬다. 음식 앞에서는 국경이 없었다. 그렇게 주인 떠난 만찬을 함께 즐겼다.

여기서 끝났다면 자칫 비루하고 가난한 투어로 기억에 남았을 텐데, 가이드의 말 한 마디가 우리를 가장 비싼 사람으로 만들어줬다. 다시 생각해도 백패킹의 매력을 한 문장에 담아낸 명문이 아닐 수 없다.

"저 사람들은 오늘 별 다섯 개짜리 호텔에서 잠을 잘 거예요. 부러워하지 마세요. 오늘 우리는 오백만 개의 별 아래에서, 그 별들을 바라보며 잠을 잘 겁니다."

실제로 흙바닥에 침낭 하나 깔고 텐트도 없이 잤지만 눈부시게 아름다운 기억으로 남아 있다. 가이드의 약속대로 눈만 뜨면 오백만 개의 별이 보였고 나는 그 별들 아래에서 잤으므로.

온종일 걷기

처음엔
그냥 걸었지

어려서부터 걷는 게 좋았다. 걷기만큼 손쉽고 확실하게 '나'를 느끼게 해주는 게 없기 때문이다. 밤에 헤드폰 끼고 걷는 일은 '해서 좋은 일'이라기보다 '반드시 해야 하는 일'에 가까웠다. 그러던 어느 날, 하루 종일 걸으면 어디까지 걸을 수 있을지 궁금해졌다.

때마침 어느 책에선가 '울트라 트레킹'이라는 단어를 접했다. 하루에 100km를 걷는 도전을 울트라 트레킹이라고 부른다고 했다. 그때 '이런 것도 있구나' 하고 말았어야 했다. '하루 100km를 뛸 수는 없어도 걸을 수는 있지 않을까?' 하는 무모한 호기심이 역대

급 개고생의 신호탄이 되고 말았다.

나에게 도전은 성공 가능성이 50% 내외일 때 해볼 만한 것이 된다. 제주도 올레길 한 바퀴 완주, 하루 안에 자전거로 제주도 한 바퀴 돌기, 풀코스 마라톤 완주 같은 것이 이에 해당된다. 너무 쉬워서 성공이 보장된 도전은 도전 가치가 떨어져서, 성공이 불확실한 도전(철인 3종 경기, 울트라 마라톤 등)은 포기할까 두려워서 애초에 도전하지 않는다.

하루 안에 100km를 걷는 나를 상상해봤다. 마지막 10km를 남겨두고 고군분투하는 내 모습도 떠올려봤다. 아무리 힘들어도 걷는 것은 가능하지 않을까?

도전을 결심하고 훈련을 시작했다. 사실 훈련이랄 것도 없었다. 1시간, 2시간, 4시간. 점차 걷는 거리를 늘려나가는 게 훈련의 전부였다. 처음엔 2시간 걷는 것도 힘들었는데, 계속 걷다 보니 4시간 정도는 무리 없이 걸을 수 있었다. 다만 걸으면 걸을수록 100km라는 길이가 더 길게 느껴졌다. 생각의 패러다임을 바꿔보자. 하루 안에 100km를 걷는 게 얼마나 힘든 일인지 모르는 지금이 도전의 적기다.

0~50km

신발장에서 아무 운동화나 꺼내 신었다. 처음 신어보는 아버지의 운동화였고, 몇 시간 후 나는 이 선택을 뼈저리게 후회하게 된다.

첫 위기는 3분의 1 지점에서 찾아왔다. 3분의 1, 내가 걸어온 거리의 2배를 걸어야 목적지에 도착할 수 있다. 체력은 예상보다 훨씬 많이 소진되었다. 내 의지력으로 버틸 수 있을까? 여기서 더 걸어갔다가 포기하면 버스도 안 다니는 시간이다. 지금 포기하면 없던 일로 하고 집에서 편하게 쉴 수 있다.

바다가 보이는 벤치에 누워서 갈등, 또 갈등했다. 이럴 때 가장 좋은 방법은 갈 수 있는 데까지 더 가보고 판단하는 것이다. 일단 절반을 찍고, 다시 생각해보기로 했다. 페이스는 점점 떨어지고 있었다.

드디어 50km 지점에 도착했다. 내가 오늘 걸어야 할 거리의 절반, '견딜 만한 고통'과 '견디기 힘든 고통'의 경계, 포기했을 때 버스를 타고 돌아갈 수 있는 마지막 지점이다.

절반부터는 포기도 어려워진다. 걸어온 거리가 아까워서라도 걸어야 한다. '내가 나머지 거리를 다 걸을 수 있을까?' 의구심이 들었지만 가야 할 길이 걸어온 길보다는 짧다는 사실을 위안 삼으며 걸음을 이어갔다. 몇 시간 후의 나는, 지금보다 더 힘든 고통을 참고 있을 나는, 끝내 목적지에 닿을 것이다. 지금껏 나와의 싸움에는 늘 이겨왔으니까.

51~85km

다시 어둠 속의 전진 또 전진으로 66.7km, 즉 3분의 2 지점까지 왔다. 이제 내가 걸어온 거리의 절반만큼만 더 가면 목적지다. 간만에 휴식을 취하고 일어서려는데 내 몸 여기저기서 비명을 질러 댔다.

첫 비명이 들려온 곳은 오른쪽 발바닥이다. 신발을 선택할 때 트레킹화를 선택하지 않고 눈에 보이는 아무 운동화나 골라 신은 죄로 물집이 잡혔다. 대안은 없다. 그렇다면 일단 직진이다. 다음은 왼쪽 종아리다. 73km 지점에서 종아리 근육이 뭉친 듯해서 제 자리에 잠깐 앉았다 일어섰는데 그때부터 통증이 시작됐다. 희한하게도 걷는 거리가 늘어날수록 종아리 통증은 줄어들었다. 다른 데가 더 아팠기 때문이다. 마지막은 허리다. 인류가 처음 직립보행을 할 때 느꼈을 법한 엄청난 허리 통증이다. 예상치 못했던 일은 아니었지만 결국 몸과 마음의 싸움이었다. 내 몸이 이기면 지는 것이고, 마음이 이기면 이기는 것이다.

　홀로 외로이 걷다 보니 옛 생각이 많이 났다. 내가 겪었던 일들과 지금의 내가 연결되는 순간, '그래, 그때 그 일이 지금의 나를 만들었구나' 하고 깨닫게 되는 순간…. 세상에 의미 없는 일이란 없다. 지금의 도전도 하나의 의미로 남을 것이다. 그때의 나는 포기하지 않는 사람이었다는, 해내겠다고 한 일은 끝내 해내고 마는 사람이었다는 의미로 말이다.

86~100km

　서서히 먼 바다에서부터 동이 텄다. 86km 지점이다. 목적지가 가까워오자 희망 고문이 시작됐다. 이 지점부터 거리 감각이 뒤틀려버렸기에 '86'이라는 숫자는 잊어버리지도 않는다.

　5km는 걸었나 싶어 위치추적 앱을 확인하면 고작 1~2km 전진한 걸로 나왔다. 다리는 둘째치고 멘탈이 흔들렸다. 헛된 희망은 때로 절망의 입구가 된다.

　대학 시절, 청춘의 객기로 밤새 5.16 도로를 걸었던 그날이 떠올랐다. 유난히 찬바람이 시리던 날이었다. 그날, 나는 친구와 함께 제주시에 영화를 보러 왔다가 서귀포행 버스 막차를 놓치고 말았다.

"너 얼마 있냐?"

"딱 버스비."

"나도 버스비밖에 없는데?"

그때 우린 젊었고, 자유로웠고, 판단력이 모자랐다.

"너나 나나 대책이 없구나. 이왕 이렇게 된 거 5.16 도로로 걸어
가 봐?"

"5.16 도로는 어둡고 길이 좁아서 위험한데? 그것도 겨울밤에
40km를 걷는 건⋯."

"다른 대안은?"

"없지. 휴, 가자"

그렇게 우리는 5.16 도로 개통 이후 최초의(아마도) 야밤 횡단자
가 됐다. 5.16 도로는 밤에 가로등이 켜지지 않는다는 것을 그날
처음 알았다. 게다가 출발지부터 성판악 휴게소(한라산 성판악 코스
의 출발지점, 해발 750m)까지는 오르막인데 나는 단화를 신고 있었
다. 심지어 우리에게는 물도 없었다. 성판악 휴게소에만 닿으면 물
도 마실 수 있고 그다음부터는 내리막길이 시작된다는 사실이 우
리의 유일한 희망이었다.

"이 커브길만 돌면 성판악이야. 내가 이 길 많이 운전해봐서 알아."

이 말은 이후로 네다섯 번 반복되었다. 이번에도 예상이 틀리면 하늘이 우리를 버린 것이다 싶을 때 성판악에 도착했다. 성판악에 도착하자마자 약수터 샘물부터 찾아 허겁지겁 들이켰다. 하늘에서는 눈이 내리고 있었다.

옛 생각을 하니 피식 웃음이 나왔다. 힘들 땐 옛 생각만큼 힘이 되는 것도 없다. 20시간을 부단히도 걸어왔다. 이제 1시간만 더 걸으면 100km다. 지금 시각은 새벽 6시, 때마침 저 앞에 문을 연 편의점이 보여 컵라면을 사 먹었다. 운동하고 나서 먹는 라면이 제일 맛있다는 세간의 말은 그 운동이 적당한 운동일 때 하는 말이다. 얼마나 힘들었던지 입맛마저 달아나버렸다. 컵라면이 맛있지 않았던 것은 그때가 처음이었다.

마지막 5km는 시야마저 흐릿해졌다. 무아지경의 상태로 전진, 또 전진. 드디어 위치 추적 앱에 세 자리 숫자가 찍혔다.

100.00
거리 (km)

아내와 지인 몇몇에게 100km가 찍힌 스크린샷을 카톡으로 보냈다. 개중에는 같이 걷자고 날짜까지 잡아놨던 후배도 있었고, 절대 불가능하다며 지금이라도 버스 타고 돌아오라던 친구도 있었다. 아내로부터 제일 먼저 답장이 왔다.

"결국 해냈네? 다음엔 뭐할 거예요?"

카약 타고 제주도 한 바퀴 돌기? 자전거 국토 종주? 모터바이크 유라시아 횡단? 나도 모르겠다. 한 가지는 확실하다. 내 도전은 계속된다. 끝내 해냈다는 성취감과 살아있다는 실감이 너무 좋다. 내 힘이 닿는 한, 한계에 끊임없이 부딪히는 사람이고 싶다. 멈춰 있는 점보다는 움직이는 선이 되고 싶다. 365일 중 364일 게으른 아빠지만 해내겠다고 스스로 약속한 일에는 이불 박차고 뛰쳐나가 끝내 해내는 아빠로 기억되고 싶다. 내 숨이 붙어 있는 한, 도전은 계속된다.

5장

후반전은
내 마음대로 뛰어볼게요

빛과 빚

밴 라이프 마지막 날, 캠핑카 안에 누워 지난날을 회상했다. 1.5평 좁은 공간에서 누구보다 넓게 지냈던 나날이었다. 밤바다, 별, 새소리, 시냇물 흐르는 소리…. 세상과 멀찍이 떨어져 자연의 속살 안에서, 자연을 벗 삼아 살았던 순간들이 주마등처럼 스쳐 지나갔다.

그중 내 마음이 오래 머물렀던 장면이 하나 있다. 밴 라이프의 목적이 더 나은 내가 되기 위함이었다면, 그날의 깨달음만으로도 나는 더 나은 사람이 되었다고 확신한다. 그만큼 그날의 울림은 컸고, 여운은 길었다.

그 많던 쓰레기는 누가 다 치웠을까?

캠핑카에서 사는 동안 나는 주로 속골이라는 곳에서 살았다. '이렇게 밴 라이프에 최적화된 장소를 너무 일찍 발견한 게 독이 되지 않았나?' 싶기도 하다. 처음 계획과는 달리 매일 앞마당이 바뀌는 삶을 살지는 못했으니까. 굳이 옮겨야 할 이유를 찾지 못할 정도로 속골은 환상적인 장소였다.

일단 바다가 보였고, 사람이 별로 없었다. 늘 시냇물 소리가 들렸고, 별이 잘 보였다. 설거지할 물을 구하기가 쉬웠고, 화장실도 가까운 곳에 있었다. 심지어 와이파이도 잘 터졌다. 우연히 여기서 하루를 보낸 첫날, 나는 밴 라이프에 이보다 더 적합한 장소를 만나지 못할 것이라는 확신을 가졌고, 실제로도 그랬다.

단 하나, 내 눈살을 찌푸리게 하는 점이 있다면 화장실이나 바닷가 곳곳에 버려진 쓰레기였다. 술병부터 과자봉지, 담배꽁초, 심지어 음료수가 가득 든 채 버려진 일회용 플라스틱 컵까지 종류도 다양했다. 이런 곳에 쓰레기를 버리고 가는 사람들은 도대체 무슨 생각으로 사는 걸까? 쓰레기통이 없는 것도 아니다. 몇 걸음 거리에 있는 쓰레기통에 쓰레기를 넣는 게 그렇게 어렵나? 이기적인 사람들은 참 세상 살기 편하겠다.

신기하게도 쓰레기는 다음 날 어김없이 치워져 있었다. 누가 쓰레기를 치우는지 궁금했다. 수수께끼는 몇 주 후에 풀렸다. 유난히 날씨가 추워 다른 때보다 일찍 일어났던 그날, 시계를 보니 새벽 5시였다. 다시 자려니 잠이 오지 않았다. 바람도 쐴 겸, 밤바다 보며 멍 때리다 졸리면 잘 생각으로 캠핑카 밖으로 나왔다.

저 멀리 인기척이 느껴졌다. 화장실 근처에 아주머니 한 명이 보였다. 산책하기에는 너무 이른데…. 자세히 보니 아주머니 손에 뭔가가 들려 있었다. 마포 걸레 자루였다. 그제야 궁금증이 풀렸다. 그렇게 많은 사람이 이용하는데도 공중화장실이 깨끗했던 이유, 속골 곳곳에 가득 쌓여 있던 쓰레기들이 다음 날이면 치워져 있던 이유는 아주머니의 보이지 않는 헌신 덕분이었다. 물론 아주머니도 지자체에서 일정 금액을 받고 하는 일이겠지만 어느 만큼의 돈을 받는지는 굳이 묻지 않아도 짐작이 가능했다. 그래서 굳이 '헌신'이라는 단어를 쓴 것이다.

우리 모두는 사회적 채무자

순간 우리 모두는 누군가의 보이지 않는 헌신에 빚진 채 살고 있음을 깨달았다. 지금 이 순간에도 누군가는 남들 자는 시간에 타인이 버린 쓰레기를 치워주고, 타인의 화장실 정화조를 비워준다. 어디 이뿐인가. 우리가 사는 집은 내가 지은 것이 아니며, 이 집도 누군가가 내어준 길 위에 있다. 내가 쓰는 휴대폰, 인터넷, 옷, 음식 등 어느 하나 타인의 손길을 거치지 않은 것이 없다. 그러고 보니 내 캠핑카도 누군가가 만든 차를 또 다른 누군가가 집으로 바꿔준 것이다.

이미 그에 대한 대가를 지불했으니 당연한 것이라고, 고마워할 필요 없다고 할 수도 있겠다. 그러나 인류의 역사를 돌아보면, '타인의 노동으로 인해 내가 해야 할 일이 적어지는 혜택'을 보게 된 것은 길게 잡아봐야 100년도 안됐다. 우리가 조선 시대에 태어났다면 우리는 내가 싼 대변을 내가 처리하고 우리 집 쓰레기는 어떻게든 직접 처리해야 했을 것이다. 내가 낸 세금으로 돌아가는 시스템이라 할지라도 누군가가 쓰레기를 치워주고 우리 집 정화조를 비워주는 일이 당연한 것은 아니라는 말이다.

새삼 모든 게 감사하다. 남들 보이지도 않는 곳에서 타인을 위해 희생하는 누군가가 없었더라면, 세상은 온통 '사회생활도 힘든데 무슨 할 일이 이렇게 많으냐'라며 툴툴대는 투덜이로 가득 차지 않았을까?

그 후로 나는 속골 근처에 쓰레기가 버려져 있으면 직접 주워 쓰레기통에 버린다. 아파트 쓰레기장에 종이 박스가 펼쳐지지 않은 채 버려져 있으면 직접 펴서 버린다. 택배 아저씨를 마주치면 음료수라도 하나 드린다. 그런다고 세상이 바뀌지 않는다는 것은 나도 안다. 그러나 이런 자그마한 노력이 샘물처럼 모여 강을 이루면 그 강이 이르는 바다에는 지금보다는 훨씬 좋은 세상이 펼쳐질 것이라고 믿는다.

그들의 노동을 당연한 것이 아닌 신성한 것으로 받아들이는 사람들이 늘어나길, 따뜻한 사람들의 살가운 눈빛이 그들에게 닿길, 사회의 그늘진 곳에서 묵묵히 일하는 그들의 삶에 빛이 비치길, 어두컴컴한 음지가 아닌 햇볕 잘 드는 양지가 그들이 우리 사회에서 차지하는 위치이길 바란다.

· · ·
매일 저녁,
속골 산책로를 걸었다.
같은 듯 늘 달랐다.

• • •
속골의 봄에는
산책로에
유채꽃이 만발한다.

나는 지금 잘 가고 있다

좋은 집은 없지만, 좋은 사람들과 살고 있다.

좋은 차는 없지만, 어디로 가야 하는지 잘 안다.

좋은 침대는 없지만, 기분 좋게 잠들게 해주는 사람들이 늘 곁에 있다.

좋은 카메라는 없지만, 싸구려 휴대폰 카메라로 찍어도 그림이 나오는 곳을 많이 안다.

좋은 스피커는 없지만, 지금 내 감정 주파수에 맞는 음악을 선곡하여 즐길 줄 안다.

좋은 지갑은 없지만, 돈을 어떻게 써야 하는지는 잘 안다.

좋은 시계는 없지만, 떠나야 할 때는 잘 안다.

좋은 술은 없지만, 소주 한잔이라도 기분 좋게 나눠 마실 사람이 많다.

좋은 신발은 없지만, 내 길이 아닌 길을 기웃거려 본 적은 없다.

나는 지금 잘 가고 있다.

•••
어스름 사이로
새어 나오는 빛을 모아
사회의 그늘에 비추는
사람이 되고 싶다.

지금 이 순간이 켜켜이 쌓여

두 아이를 재우기 위해 이 얘기 저 얘기하다가 지친 사람이 먼저 잠드는 게 요즘 나의 '가장 확실한 행복'이다. 소확행(소소하지만 확실한 행복)이라고는 못하겠다. 크확행(크고 확실한 행복)이라고 해두자.

그날도 두 딸과 나란히 누워 하루 동안 있었던 일들에 대해 시시콜콜 이야기를 나누고 있었다. 첫째 딸 단비가 갑자기 조용해졌다.

"단비야? 자?"

3초간의 정적 후 딸아이가 말했다.

"아빠! 그때 참 재밌었어요!"

"그때? 언제?"

"그때! 아빠가 배 만들어줘서 태워줬던 그날!"

"아빠가 배를 만들어서 태워줬다고?"

"우도에서 아빠가 배 만들어서 나 태워줬잖아."

그제야 스치는 기억이 있었다. 몇 년 전에 전복 사고를 당하고 지금은 폐기 처분한 싸구려 카약이 멀쩡히 제 기능을 할 때, 단비를 태우고 우도 앞바다를 항해했던 적이 있다.

'그래, 그런 날이 있었지. 큰 물고기를 발견했다든지 파도가 쳐서 배가 흔들렸다든지 하는 이벤트가 없어서, 너무도 평화롭고 순조로워서 잊어버렸던 그날을 단비가 기억하고 있었다니….'

내 마음 한가운데에 돌멩이 하나가 톡 하고 떨어지더니 동심원이 되어 퍼져나갔다. 이번엔 내가 조용해졌다. 그 말을 듣기 전까지는 아이와 함께 놀아주지 못할 때마다 둘러대던 핑계가 있었다.

'어차피 시간이 지나면 기억하지 못할 텐데, 뭐. 나도 초등학교 저학년 이전 일들은 전혀 기억 안 나잖아?'

쉬고 싶어질 때면 어차피 기억하지 못할 것이라는 '만능 치트키'를 꺼내 게으른 나를 합리화했다. 그런 철벽같은 생각에 단비가 균

열을 내고야 만 것이다.

두 딸도 어른이 되면 내가 그랬던 것처럼, 아빠와 배를 타고 놀았던 기억을 잊어버릴지도 모른다. 하지만 어린 시절의 행복했던 추억은 두 딸의 마음 어딘가에 켜켜이 쌓일 것이다. 무의식이라는 이름의 폴더에 차곡차곡 쌓인 추억은 언젠가 두 딸이 딛고 설 단단한 땅이 되어주겠지.

그날의 깨달음 이후로 나는 조금은 부지런한 아빠가 됐다. 처가가 있는 우도에 갈 때마다 이번엔 뭘 하고 놀아줄까 고민한다. 처가에 방문했던 어느 11월 초에는 파도타기를 했다. 11월이지만 바닷물은 따뜻했고, 작으나마 파도가 계속 밀려드니, 바다로 나가지 않을 수가 없었다. 패들보드에 끈을 묶고 밀려드는 파도에 맞춰 당겨줬더니 제법 재미있는 놀이가 됐다. 이름하여 '자연산 후룸라이드'다.

두 딸의 삶이 날마다 소풍 같았으면 좋겠다. 언젠가 제 삶이 날마다 소풍 같다고 느껴지는 날이 오거든 패들보드에 끈을 묶어 힘껏 당겨주던 아빠를 떠올려주길. 난 그거면 됐다.

• • •

패들보드에 끈을 묶어
파도에 실어 보내면
자연산 후룸라이드가 된다.

인생 후반전

　나에게는 세 가지 꿈이 있다. 여기서 꿈은 실현하고 싶은 '소망'이 아닌, 초등학생들이 진로희망 칸에 쓰는 '장래 희망'을 말한다. 주위 사람들에게 나이 마흔 이후에는 다른 삶을 살아보고 싶다고 말할 때마다 사람들은 지금 바깥세상이 얼마나 추운지는 알고나 하는 소리냐며 배부른 소리 하지 말라고 했다. 패자부활전 없는 나라 대한민국에서는 안정적인 직업이 최고라고 했다. 그러나 이제는 꿈 이야기를 해도 될 것 같다.

내 진로 담당 선생님은 IMF

내 직업은 초등학교 선생님이다. 나에 대해 모르고 만난 사람들은 내 직업이 초등학교 선생님이라고 하면 하나같이 의외라는 반응을 보였다. 그도 그럴 것이, 전국에 있는 초등학교 선생님 중 캠핑카에서 살며 출퇴근해본 선생님은 다섯 손가락 안에 들지 않을까?

나의 '히피스러움 + 모험 DNA + 도전 정신 + 자유분방함 + 필요충분 치를 초과한 감수성 + NASA에서도 부러워할 추진력(단, 이 추진력은 하고픈 일을 할 때만 발휘됨) + 죽을 때까지 철들 생각 없음 + 인생노빠꾸 마이웨이 정신'과 초등학교 선생님 하면 떠오르는 전형적인 이미지는 한눈에 봐도 어울리는 조합이 아니다. 나 또한 늘 선생님이, 아니, 공무원이 내 정체성과는 어울리지 않는 직업이라 생각해왔기에 굳이 처음 만나는 사람에게 내 직업에 대한 이야기는 흘리지 않았다.

늘 마음속에 갈등이 많았다. 글을 쓰기 시작한 후로 내가 어떤 사람인지 확실히 깨닫게 된 최근 몇 년간은 더 그랬다. 어쩌다 선생님이라는 직업을 선택했는지 떠올려봤다. '어렸을 때 나는 교실이 너무 답답하다고 느꼈고 내가 선생님이 되면 우리 반 학생들에게 다양한 즐거움을 줄 수 있겠다 싶어서 선생님이 됐다'라는 말은 이제야 하는 소리다. 돌이켜보면 진로를 결정할 때, 때맞춰 터진 IMF가 내 진로 담당 선생님이었다. IMF는 말했다.

"진로? 뉴스는 봤지? 요즘 바깥세상이 많이 추워. 잔말 말고 수능 점수에 맞춰서 안정적으로 가자."

어른들도 이럴 때일수록 교사나 공무원이 장땡이라고 말했다. 그때 나는 보통의 대한민국 청소년이 그러하듯 내가 뭘 좋아하는지, 뭘 할 때 행복한지 나 자신에게 물어본 적이 없었다. 가장 중요한 것은 수능 점수였다. 그깟 세 자리 점수가, 수능 당일의 컨디션이 내 인생 진로를 결정하다니, 뭔가 부당해 보였지만 그렇다고 딱히 하고 싶은 것도 없었다. 수능 점수, 직업 안정성, 가정형편, 여기에 아버지가 못 이룬 꿈을 내가 이루겠다는 지극히 조선스러운 사고방식까지 더해지자 내가 가야 할 길이 보였다. 그렇게 선택한 첫 번째 진로는…, 해군사관학교였다.

몇 달 후, 나는 해군사관학교의 2차 시험까지 합격해놓고 마지막 3차 시험인 수능에서 떨어졌다. 살면서 '진정 하늘이 날 도왔다고 느끼는 순간 Best 3'를 꼽는다면 '해군사관학교 탈락'은 무조건 들어간다. 훗날, 스물다섯에 육군훈련소에 입소하는 순간 깨달았다. 지구상의 모든 직업 중 나와 가장 어울리지 않는 직업은 아마도 군인이라는 것을 말이다.

내가 수능을 잘 봤다면 해군사관학교에 입교했겠지. 아버지의 못다 이룬 꿈을 대신 이루겠다는 신념 때문에 쉽게 그만두지도 못했겠지. 그렇게 내 인생은 망했겠지. 휴, 다행이다.

수능 출제위원들의 도움으로 인생 망할 뻔한 위기에서 탈출한 나는 집에 손 벌리지 않고 가늘고 길게, 안정적으로 살 수 있는 직업을 찾았다. 그렇게 '선택된' 직업이 초등학교 선생님이었다. 초등학교 선생님은 왠지 다른 직업보다는 잘할 수 있을 것 같았다.

그땐 미처 몰랐지. 초등학교 선생님은 아이들만 잘 가르치면 되는 줄 알았지. 난 어디서든 적응은 잘하니까 여기서도 신나게 살 수 있을 줄 알았지.

다른 직업을 꿈꾸게 된 계기를 말하라면 책 한 권은 더 쓸 것 같아서 이쯤에서 멈추겠다. 다만 한 줄로 말하라면 이렇다.

"죽을 때 후회하기 싫어서요."

한 줄 더 보태라면 이렇다.

"죽을 때 후회하기 싫어서요. 죽을 때 '내가 살고 싶었던 삶은 이게 아닌데'라고 말하기 싫어서요."

또 한 줄 더 보태라면 이렇다.

"죽을 때 후회하기 싫어서요. 죽을 때 '내가 살고 싶었던 삶은 이게 아닌데'라고 말하기 싫어서요. 죽을 때 '내가 살아보고 싶은 대로 살았으니 후회는 없어. 이만하면 멋진 여행이었어'라고 말하고 싶어서요."

소풍을 떠나보려 합니다

생의 어느 순간에 그런 생각이 들었다.

'지금까지 살아온 삶이 내 선택에 대한 책임으로 '살아내야' 하는 숙제와 같은 삶이었다면, 남은 삶은 100퍼센트 내 자유의지대로, 그저 내가 살고 싶은 대로, 소풍 가듯 여행 가듯 살아보자! 진짜 내가 하고 싶은 것 하면서, 후회 없이 살아보자!'

나는 사는 데 많은 돈이 필요한 사람이 아니다. 도전에 실패한다 해도 부담은 없었다. 그런데 웬걸. 인생을 걸고 도전해볼 만한 직업 후보군이 추려졌을 때, 내 곁에는 아내와 두 딸이 있었다.

그래서 결정이 계속 미루어졌다. 나와 아내의 어깨 위에 짊어진 부모라는 삶의 무게를 차마 외면할 수 없었다. 나야 도전해보고 망해도 잘 살 사람이지만 아내와 두 딸은 무슨 죄란 말인가?

그렇다고 한 번뿐인 인생, 내 마음 가는 대로 살아보고 싶은 욕망이 잠잠해지지는 않았다. 이 녀석은 현실의 파도를 세차게 맞을 때마다 의식의 수면 위로 고개를 들어 새로운 길을 가라고 손짓했다. 그렇게 현실과 이상 사이, '안정을 추구하는 본능'과 '불안을 감수하려는 자아' 사이에서 하루에도 수십 번씩 마음이 갈팡질팡했다. 이게 또 신기한 게 이렇게 생각하면 이런 것 같고, 그렇게 생각하면 그런 것 같다. 애초에 답이 없으니 답을 찾을 수 없었다.

그러다 2021년 9월 11일, 여전히 갈팡질팡하는 내 마음에 마침표를 찍어준 사건이 일어났다. 그날, 지난 1년간 수만 번도 더 했을 내적 갈등에 마침표를 찍어준 것은 반딧불이었다.

...

미지의 세계는 설렘을 데려온다.
설렘은 행복을 데려온다.

그날, 내 인생을 바꾼 반딧불

기대도 않던 1박 2일의 휴가가 주어졌다. 48시간을 오롯이 내 맘대로 쓸 수 있는 찐 휴가다. '어떻게 살 것인가?'에 대한 답을 찾느라 지쳤을 때 갑자기 1박 2일의 휴가가 주어진다면 무엇을 할 것인가? 주저 없이 여행을 택했다. 난 지구라는 별을 여행하려고 태어난 사람이니까, 여행할 때 가장 행복한 사람이니까. 이번 기회에 지난 몇 달간 새로 알게 되었으나 아직 가보지 못한 곳을 탐험해보기로 했다.

마냥 마음 편한 여행은 아니었다. 최근 1년간 날 괴롭혀온 질문이 머릿속에서 꼬리를 물었다. 초등학교 선생님을 계속할 수 있을까? 그만둔다면 뭐해 먹고살까? 내 꿈대로 여행사를 차려도 될까? 내 뜻대로 잘 안 풀리면? 그땐 가족들을 무슨 낯으로 보지? 플랜 B도 마련하자. 플랜 B는 뭐로 할까? 그래, 마술사! 제대로 준비하면 잘할 수 있을 것 같은데? 그런데 공연할 기회가 많을까? 그냥 하던 일 계속해야 하나? 그런데 인생은 한 번이란 말이지. 지금 아니면 언제? 죽기 전에 분명 '그때 다른 길 가볼 걸' 하고 후회할 날이 올 것 같은데? 그래도 초등학교 선생님은 월급이 따박따박 통장에 꽂히잖아? 휴, 넌 돈 벌려고 사냐? 행복하게 살려고 돈 버는 거지? 하지만 현실을 생각해봐. 새로운 도전을 하기에는 나이가…. 집에서 나만 바라보는 가족들이…. 하나하나 다 따지면 뭘 할 수나 있겠어? 이것 하나만 물어보자. 후회하지 않을 자신 있어?

뫼비우스의 띠처럼 끝없이 이어지는 고민을 오늘은 끊어내겠다는 각오로 길을 나섰다.

숨은 제주를 발견하는 재주

내 카카오톡 프로필 사진이 새로운 풍경으로 바뀌면 사람들이 묻는다, 이런 곳들은 도대체 어떻게 알고 가냐고. 그러면 나는 대답한다, 이런 곳만 찾으러 다닌다고.

나에게는 분명 모험 DNA가 있다. 남들이 갔던 길은 따라가기 싫다. 제 아무리 멋진 곳일지라도 사람이 몰리는 곳은 가고 싶지 않다. 황우지 해안, 엉또 폭포, 물개 바위 등 처음 만났을 때 날 설레게 했던 장소들도 유명해진 후로는 찾아가지 않았다.

나는 여전히 사람들 없는 곳에 가만히 앉아 새소리나 바닷소리를 BGM 삼아 사색하는 시간이 가장 좋다. 돈에 치여 타인에 치여 삶의 방향을 잃어버린 사람들, 이젠 삶에 치이다 못해 제 분노를 쏟아낼 곳만 찾아다니는 사람들을 떠나 적어도 나는 세상과 다른 흐름으로 가고 있다는 느낌이 너무 좋다.

인스타그램, 유튜브 등의 영향으로 제주의 숨은 비경이 하나둘 사라지고 있으나 여전히 나의 '숨은 제주를 발견하는 제주' 리스트에는 수십여 곳이 남아 있다. 사람들이 모르는 비밀 여행지만 찾아다니며 내가 느끼는 황홀감을 다른 사람에게도 선물할 수 있다면 얼마나 행복할까? 이것이 내가 여행사를 만들고 싶은 이유다. 그래서 내가 만들 여행사의 캐치프레이즈도 다음과 같이 정했다.

남들이 (몰라서) 가지 않는 곳만 갑니다.

남들이 (가고 싶어도) 갈 수 없는 곳만 갑니다.

여행지로 선정된 몇 군데를 둘러보며 여행 코스의 최적 동선을 짜보는 것이 이번 1박 2일 여행의 목적이었다.

그렇게 제리트비체(제주+플리트비체. 처음 만난 순간 크로아티아의 플리트비체 국립공원이 떠올라서 지은 이름)도 가보고, 비올 때만 흐른다는 '엉또폭포 주니어'도 가보고, 가는 길이 험해서 최소 몇 십 년 동안은 유명해지지 않을 세로토닌 폭포도 가보고, 지금은 꽤나 유명해진 속괴도 가보고, 속괴의 적송이 자연산 대형 화분에 꽂혀 있는 사진도 연출해보고, 작년까지는 한적해서 참 좋았던 진수내도 가보고, 동백꽃이 만개한 '비밀의 화원' 포인트도 가봤다.

마지막으로 일몰 시간에 맞춰 군산오름을 찾았다. 이젠 인터넷에서 '일몰 맛집'으로 유명해져서 많은 사람이 찾는 곳이다. 사람들이 많이 찾는 곳은 안 간다더니 군산오름은 왜 갔냐고? 해가 져서 사람들이 모두 내려가면 군산오름을 혼자 즐길 수 있으니까.

이내 해가 졌다. 약속이나 한 듯 사람들은 하나둘 내려갔다. 이제 군산오름 정상에는 나 혼자 남았다. 지금부터 지상 최대의 쇼가 눈앞에 펼쳐진다는 것을 모르고 모두 내려가버린 것이다. 이기

여행코스 풍경을 옮겨본다.
세로토닌 폭포(위), 냇길이소(아래).

속괴(왼쪽 위), 이승이오름 삼나무길(오른쪽 위), 제리트비체(아래).

적으로 보일지 모르지만 나로서는 감사한 일이다. 그렇다고 내려 가는 사람들에게 "지금부터가 진짜입니다. 내려가지 마세요!"하며 붙잡을 수는 없지 않은가?

이런 장관은 사진으로 담아봐야 별 의미가 없다. 캠핑 의자 하나 펼쳐놓고 앉아 360도 파노라마로 펼쳐진 장관을, 해가 마지막으로 토해내는 짙은 여운을, 우주라는 화가가 빛이라는 물감을 묻혀 하 늘이라는 팔레트에 그리는 그림을 눈에 담기만 하면 된다. 지금 내 게 필요한 것은 오직 감탄뿐이다. 빈센트 반 고흐가 동생 테오에게 보낸 편지에 이런 구절이 있었다지?

"살아있는 동안 가능한 한 많이 감탄하라!"

반딧불을 만나다

아직 감탄할 것이 많이 남아 있어서 나는 여전히 삶을 사랑 하는 것인지도 모르겠다. 지금 이 순간 한 가지 아쉬운 게 있다 면 BGM이다. 언제나 내 감정선을 하늘로 날려주는 검정치마의 〈Hollywood〉 전주가 울려 퍼지는 순간, 캠핑 의자에 앉은 채 하 늘로 붕 날아오르려는 찰나, 휴대폰 배터리가···. 이때부터는 풀벌 레 소리가 BGM을 대신했다. 사유의 시간이 끝나자 치유의 시간이 돌아왔다.

참고로 여행사 투어의 마지막 프로그램 이름은 '달밤에 사치'다. 여기서 사치는 사유의 '사', 치유의 '치', 이렇게 앞 글자만 딴 말로, 군산 오름에서 달밤에 사유하고 치유하자는 뜻이다. 여행의 대미를 장식할 마지막 BGM도 이미 선정이 끝났다. Sam smith의 〈Fix you〉다. 사람들이 군산오름의 달밤 아래 이 노래를 들으면서 저마다의 상처를 치유했으면 좋겠다.

다시 머릿속에서 고민이 뫼비우스의 띠를 돈다. 빛이 제 집을 찾아간 사이 어둠이, 달빛이, 별빛이 나를 휘감았다. 바로 그때였다. 반딧불 한 마리가 날아오더니 내 주위를 빙빙 도는 게 아닌가! 움직이면 날아갈까 봐 가만히 있었다. 한 마리는 어느새 두 마리, 세 마리 늘어나더니 수십 마리가 됐다. 뭐지? 지금은 반딧불이 날아다니는 시기가 아닌데?

예전에 반딧불이 보고 싶어서 반딧불이 나온다는 숲을 간 적이 있다. 자정이 넘은 시각이었다. 반딧불 수십 마리의 환대를 받고 감격해서 이듬해 8월에 친구를 데리고 갔다. 그날 본 반딧불은 한 마리가 다였다. 알고 보니 반딧불은 더위가 시작되면 자취를 감춘다고 했다.

그런데 9월인 지금, 반딧불이 이렇게 많이 날아다니다니? 혹시 기상이변으로 인한 생태계 교란인가? 나중에 인터넷에서 찾아보니 '늦반디'라고 늦게 오는 반딧불들이 있단다. 인간 세계의 언어로 굳이 정의하자면 자연계의 지각생인 셈이다. 자연계의 지각생과 인문계 모험생(모범생 아니고 모험생)의 만남이라니, 기대도 않은 뜻밖의 선물을 받아 든 기분이었다.

예뻤다. 참 예뻤다. 그저 황홀했다. 초록 불빛의 무질서한 움직임이 마치 날 위해 몇 달간 준비한 플랜 카드 응원처럼 느껴졌다. 그 순간 결정했다. 지금의 감정을 더 자주 느끼기 위해서라도, 지금의 감정을 다른 사람들에게 선물해주기 위해서라도 여행사를 차려야겠다고.

갈팡질팡하던 마음에 마침표를 찍은 오늘을 기억하자. 날짜를 보니 2021년 9월 11일. 공교롭게도 9.11 테러 20주기여서 기억하기도 쉬웠다. 내 인생, 어떻게 흘러갈지 나도 모르겠다. 다만 언젠가 내가 만든 여행사가 성공적으로 안착하는 날이 온다면 그땐 자신 있게 말할 수 있을 것 같다. 그날, 2021년 9월 11일, 내 인생을 바꾼 것은 반딧불이었다고 말이다.

...
해 질 녘, 군산오름 정상에서
볼 수 있는 지상 최대의 쇼

여행이 일상인 듯,
일상이 여행인 듯

서른 즈음에, 나는 여행할 때 가장 행복한 사람임을 깨달았다. 그 후로 틈만 나면 여행을 떠났다. 그때 이미 '인생은 여행이다'만큼 내 인생을 표현하는 문장이 없다고 결론을 내렸다.

길 위에서 나는 쉬이 행복해졌다. 어린 시절 우리 동네에 있던 냇가의 시작점이 궁금해 냇가를 거슬러 올라갔을 때도, 하루 종일 걸으면 어디까지 걸을 수 있을까 궁금해서 떠난 도보 여행에서 기어코 100km를 찍고 쓰러졌을 때도, 키나발루산 정상에서 고산병 증세가 나타나는 바람에 구토하며 일출을 맞이했던 때도 나는 행복했다. 그때마다 나는 '남은 삶은 여행하듯 살아야겠다'라고 다짐했다. 여행할 때의 나야말로, 타인의 욕망이 투영되지 않은 순도 100퍼센트 진짜 나임을 확신했다. 심지어 길을 잃었을 때도 두렵지 않았다. 오히려 설레었다. 길 위라면 어디든 찾아갈 수 있을 테니까. 길이 없으면 만들면 되니까.

한번은 자전거에 텐트 하나 달랑 메고 오키나와 일주를 떠난 적이 있다. 여행 첫날의 일정을 무사히 마치고 미리 봐둔 캠핑장으로 자전거를 몰고 가는데, 저 위에서 캠핑장 관리인으로 보이는 사람이 차를 타고 내려왔다.

"죄송해요. 오늘은 캠핑장을 운영하지 않아요."

"아…." 나는 예약을 하지 않았다. 주변을 검색해보니 숙소는커녕 작은 마을조차 찾아볼 수 없는 외진 곳이었다. 내가 할 수 있는 일은 그저 자전거를 타고 앞으로 나아가는 것뿐이었다. '뭐라도 나오겠지' 하고 가다 보니 바닷가가 나왔다. 잠시 쉴 겸 침낭을 이불처럼 깔아놓고 앉아서 멍하니 바다를 바라봤다.

바람이 세서 텐트는 치지 않았지만, 금방 떠나자니 바닷가 풍경이 너무 예뻤다. BGM으로 검정치마 3집, 넬 3집, 이소라 6집을 틀어놓고 플레이리스트가 끝날 때까지 3시간을 누워 있었다. 가만히 앉아 있을 뿐인데도 행복감이 파도처럼 밀려들었다.

나는 평소 감정을 글로 표현하기를 즐긴다. 깊이를 가늠할 수 없는 황홀감이 나를 감쌀 때면 "지금 이 순간만큼은 내가 세상에서 가장 행복한 사람이다."라고 표현하는 식이다. 그보다 더 큰 행복감에 휩싸일 때는 "지금 죽어도 여한이 없다."라고 표현한다. 이 열 글자 표현에는 많은 함의가 담겨 있다. '내 인생의 마지막이 지금처럼 황홀한 순간이면 더없이 좋겠다'라는 뜻도 있고, '지금 세상을 떠난다 할지라도 기꺼이 제 운명을 받아들일 수 있을 만큼, 행복하고 후회 없는 삶을 살았으니 남은 삶에 미련은 없다'라는 뜻도 있다. 그날 내 느낌이 그랬다.

잠시 후 내 마음도 몰라주고 쏟아지는 비 때문에 급히 길을 떠나야 했지만 그날 내 눈앞에 펼쳐진 풍경과 바다내음, BGM으로 깔아놓은 음악과 파도 소리의 조화, 내 뺨을 스치던 바람 하나하나까지 기억이 생생하다. 그날은 밤을 새워 하루 종일 걸었고, 다음날 다른 캠핑장에 들러서야 두 다리 쭉 뻗고 잘 수 있었다. 캠핑장에 도착하자마자 지친 몸을 텐트 안에 뉘이고 되뇌었다.

'1평짜리 텐트만 있어도 살 수 있는 게 삶인 것을. 남은 삶은 여행하듯 살자.'

다음 날 발견한 캠핑장.
1평짜리 텐트 안에서도
행복은 쉬웠다.

내 꿈은 현재진행형

여행사를 경영해보겠다는 꿈은 현재진행형이다. 그러나 세상사어느 하나 쉬운 게 없더라. 여행 코스는 어디로 할지, 참가 여행자모집은 어떻게 할지, 식사는 어디서 어떻게 해결할지, 비가 오면어떻게 할지 등 도무지 감이 잡히지 않았다. 이럴 땐 예행연습이답이다. 실전에서 우물쭈물하면 안 되니 내가 생각해둔 코스로 하루 동안 예행연습을 떠나보기로 했다.

처음에는 친한 지인들과 함께 떠나려고 했다. 그래야 내 마음도편하고 여행도 즐거울 테니까. 하지만 그래서는 객관적 평가가 불가능하다. 내게 필요한 것은 입에 발린 칭찬이 아니라 쓴소리였다.

예전에 사회생활을 하며 만난 마음 맞는 후배들을 데리고 여행을 떠난 적이 있다. 물론 여행은 내가 주도했다. 그때도 숨은 여행지를 많이 알고 있었기에 모두를 만족시킬 자신이 있었다. 여행이 끝났을 때 함께 여행한 이들이 여행 코스가 너무 좋다고, 이런 코스로 여행사를 운영하면 잘될 것 같다고 했다. 돌이켜보면 그 여행을 함께한 사람들이 내게 건넨 말이 내 꿈을 바꾸는 데 결정적인 역할을 한 것 같다.

그런데 내가 그날 처음 만난 사람과 여행했어도 같은 평가를 받았을까? 확답은 못하겠다. 여행사 손님은 누가 올지 예측할 수 없다. 불특정 다수를 대상으로 여행 손님을 모집하고 모두를 만족시킬 수 있는 여행 코스를 짜야 한다.

그런 마음으로 여행지, 이동 동선, 식사 메뉴와 장소 등을 하나하나 그려나갔고, 여행 손님에게 평생 잊지 못할 하루를 선물해줄 최적의 코스를 완성했다. 실제 투어 이름을 '예행연습 투어'라고 짓고, 함께 여행을 떠날 손님을 인터넷 커뮤니티에서 모집했다. 그때 올린 글은 다음과 같다.

몇 년 후에 여행사를 차리려고 합니다. 그 전에 예행연습 투어를 떠나보려고 하는데요, 여행 최적 동선과 코스별 소요 시간을 재어보는 목적도 있지만, 무엇보다도 제가 여행자가 아닌 여행 인솔자로서 여행을 떠났을 때 어떤 느낌일지, 저와 함께 여행을 떠난 분들은 어떤 느낌을 받을지 궁금합니다. 아래 글을 보시고 마음이 끌리신다면 여행사의 역사적인 첫걸음에 함께해주세요. 물론 공짜입니다 (점심 제공, 저녁은 자비 부담).

1. 시간 : *월 *일 오전 9시~오후 9시
  *중간에 드롭 가능(여행의 하이라이트는 밤이라는 것만 기억하세요)

2. 집합 장소 : 서귀포 월드컵 경기장(자세한 만남 장소는 추후 문자로 전송)

3. 준비물
 • 텀블러
   중간 일정에 바퀴 달린 카페(캠핑카)에서 커피나 차를 마시는 시간과 마지막 일정(달밤에 사치)에 맥주나 커피(또는 음료수)를 마시는 시간이 준비되어 있습니다. 이때 텀블러가 필요합니다. 여행 내내 1회용품은 쓰지 않습니다.

 • 편한 신발

 • 가능하다면 체력

 • 설렘

*점심식사는 제가 제공합니다. 보기만 해도 세로토닌이 마구 솟구치는, 일명 세로토닌 폭포에서 김밥을 먹습니다. 이곳에 도착하는 순간 왜 여기를 점심식사 장소로 정했는지 바로 아실 겁니다. 점심식사 장소보다 중요한 것은 김밥의 맛이겠죠? 맛은 제가 보장합니다. 동네 사람들만 아는 맛집입니다. 원하시는 김밥 메뉴는 여행 전에 따로 주문받을게요.

*저녁식사는 서귀포 신시가지의 원하는 식당에서 하시면 됩니다(자비 부담).

*딱 저 날짜에 제주도에 오실 계획이 있는 분만 '제주도 가는 김에 한 번 가볼까?'라는 마음가짐으로 참여해주세요. 그래야 저도 마음이 편할 것 같습니다. 앞으로도 기회는 많으니까요.

4. 참여방법 : 쪽지로 전화번호 남겨주시면 제가 따로 연락드리겠습니다. 참가자 4명 모집 시 투어 예약은 마감합니다.

5. 마지막으로 여행 당일 가게 될 여행지를 첨부합니다. 참가자의 체력과 당일 날씨 사정에 따라 예정된 장소를 모두 가보지 못할 수도 있다는 점 양해바랍니다.

6. 여행사 코스는 '날마다 소풍', '숨은 제주를 발견하는 재주' 이렇게 두 가지 코스로 구성되어 있는데요, 이번 예행연습 투어는 '숨은 제주를 발견하는 재주' 투어로 진행하겠습니다.

7. 기타
투어로 가게 될 여행지 중 다른 곳은 다 공개하셔도 되는데 단 두 곳은 공개 불가입니다. 그곳에 가보시면 왜 공개하면 안 되는지 바로 아실 거예요. 그곳이 어딘지도 여행 당일에 말씀드리겠습니다.

인생이 한 편의 영화라면 최소한 감독, 주연은 내가 맡아야 한다고 생각해요. 그렇지 않으면 남들이 깔아준 길 위에, 다른 사람(주로 부모)의 감독 아래, 평생 다른 사람을 주연으로 앉혀놓고 그 주위만 맴도는 엑스트라가 되고 맙니다. 이런 사람, 우리나라에 참 많죠? 인생의 끝에 내가 살았던 삶이 내가 살고 싶은 삶이 아니었음을 깨달았을 때, 그보다 더한 새드 엔딩이 있을까요? 저는 어떤 공포 영화보다도 이런 엔딩이 더 공포스럽습니다.

이번 여행만큼은 여러분이 주인공이 되길 바랍니다. 저는 캐스팅 디렉터, 로케이션 역할만 맡겠습니다. 장소는 제가 안내할 테니, 여러분이 각자 시나리오를 짜고 주연배우를 맡아주세요. 우리 함께 멋진 영화 한 편 찍어봅시다. 준비되셨나요? 그럼 촬영 들어갈게요!

카약

탐험하라,
꿈꾸라,
발견하라

　스쿠버다이빙을 하려고 범섬으로 향하는 길이었다. 출발하자마자 장난감처럼 생긴 배 한 척이 안구 레이더망에 잡혔다. 좌석이 2개뿐인 작은 배였다. 호기심 가득한 눈망울을 가진 어린 아이가 앞에 타고 있었고, 뒷자리에는 아버지로 보이는 어른이 열심히 노를 젓고 있었다. 법환 앞바다의 강한 파도를 헤쳐 나가기엔 배가 너무 작고 위태로워 보여 한참을 걱정스러운 눈으로 지켜봤다. 저런 작은 배를 바다에 띄울 생각을 하다니, 저 아저씨 겁도 없다고 일행에게 얘기했던 기억이 난다. 그런데 지금 내가 그 배를 타고 있으니, 인생은 알다가도 모를 일이다.

어릴 때부터 좋은 집, 좋은 차는 못 가져도 배는 한 척 갖고 싶다는 꿈이 있었다. 가끔 해안도로를 걷다가 모터 달린 고무보트를 타고 고기를 잡으러 가는 아저씨들이 보이면 그렇게 부러웠다. 나도 저런 배 한 척 있으면 바람 쐬러 가기 좋겠다 싶어서 인터넷에서 찾아봤다. 가격이 생각보다 비쌌다. 싸게 살 수 있는 배 어디 없을까?

몇 년 전 범섬으로 향하던 길에 봤던 카약이 뇌리를 스쳤다. 카약은 고무보트만큼 비싸지 않았다. 이거면 나도 '선주'가 될 수 있겠다. 인터넷 서핑 끝에 드디어 마음에 드는 카약을 찾았는데 2인승이었다. 이럴 때마다 찾는 친구가 한 명 있다. 나만큼이나 모험심 가득한 친구다.

"카약 같이 타보지 않을래? 가격은 반씩 부담하면 얼마 안 되더라고. 너도 같이 산다고 하면 공동 선주로 이름 올려줄게."

그동안 나와 찬란한 모험의 역사를 함께 써왔던 친구는 질문으로 답을 대신했다.

"어디로 갈까?"

유난히 더웠던 8월의 어느 날, 삼양 해수욕장에서 첫 출정식을 열었다. 따로 카약 기술을 배운 적은 없었고 전날 유튜브로 배운

게 다여서 잔잔한 바다 연안에서 연습해보기로 했다. 배에 올라타서 어설프게 호흡을 맞춰봤다. 생각보다 잘 나갔다. 바다는 그날따라 잔잔했고 우리는 자신감이 넘쳤다. 급기야 친구가 나에게 한마디 던졌다.

"우리, 이거 타고 섬에 갔다 오자."

우리의 가장 큰 문제점은 끊어야 할 때 끊을 줄 모른다는 것이다. 배를 싣고 바로 협재 해수욕장으로 이동했다. 목표지는 비양도였다. 멀다면 멀고 가깝다면 가까운 섬이다. 문제는 섬을 찍고 와도 될 만한 준비가 전혀 되어 있지 않다는 것이었다. 카약을 탈 때에는 반드시 구명조끼를 입어야 하는데, 구명조끼조차 준비 안 된 상황이었다. 바다 한가운데에서 맞이할 수 있는 여러 문제에 대한 대비책도 없었다. 도착해서 놀 생각에 마음만 앞섰다. 그 와중에 비양도에 도착해서 사용할 스노클링 장비만 챙겼다.

협재 해수욕장에 도착하자마자 바로 배를 내리고 거침없이 노를 저었다. 해수욕장과 비양도의 중간쯤 왔을 땐 살짝 겁도 났지만 어차피 돌아갈 수 없으니 앞을 향해 노를 젓는 수밖에 없었다. 30분 만에 비양도에 도착했다. 잠시 쉬고 스노클링을 하며 즐거운 시간을 보냈다.

문제는 그다음에 발생했다. 다시 출발지인 협재 해수욕장으로 되돌아가는데, 비양도에 갈 때만큼 배가 나가지 않았다. 우리는 분명 앞으로 노를 젓는데, 제자리만 맴도는 느낌이었다. 처음에는 체력이 떨어져서 그런가 보다 했다.

그때 저 멀리 협재 해수욕장에서 떠밀려온 튜브가 우리 옆을 스쳐 지나갔다. 헉, 조류였다. 바다 위로 냇가처럼 물길의 흐름이 보였고, 우리는 그 위에 있었다. 우리는 분명 협재 해수욕장 방향으로 노를 젓고 있었는데, 자꾸만 한림 방향으로 배가 밀렸다. 이대로 있다가는 태평양 어딘가로 떠밀려갈지도 모른다는 두려움이 엄습했다.

그제야 전날 귓등으로 들었던 카약 조난 사고가 떠올랐다. 비양도를 향해 혼자 카약을 타고 가던 사람이 해양경찰에 구조됐다나. 내가 아는 한, 조류를 거스르는 방법은 조류의 힘을 이겨내 벗어나는 것뿐이다.

"지금부터 10분 동안 입 다물고 호흡 맞춰서 노를 저어보자. 조류를 벗어났다는 느낌이 들 때까지 쉬지 말고 젓자."

잡담을 멈추고 쉴 새 없이 노를 저었다. 그제야 조금씩 배가 앞으로 나아가는 게 느껴졌다. 어제 있었던 조난 신고의 이유도 알 것 같았다. 우리는 둘이어서 힘을 합쳐 위기를 빠져나갈 수 있었지만, 혼자라면 나라도 당황했을 것 같다.

돌아와서 카약을 해체하며 알게 된 사실인데, 우리 카약에는 스캐그(카약의 직진성을 높이기 위해 배 밑에 장착하는 도구)도 달려 있지 않았다. 빨리 카약을 타고 비양도에 가고 싶은 마음에 둘 다 스캐그 다는 것을 깜빡한 것이다. 어쩐지 배가 자꾸 좌우로 흔들린다 했다. 철저한 준비 없이 마음만 앞섰을 때 어떤 일이 생길 수 있는지 소중한 깨달음을 얻었다. 그날 이후, 위기 상황에 대한 대비를 철저히 한 다음 카약을 탄다. 구명조끼는 필수다.

위험할 수도 있는데 카약을 왜 타냐고 묻는 사람이 있을지도 모르겠다(실제로 안전수칙만 잘 지키면 결코 위험한 레포츠가 아니다. 유속이 느린 강이나 호수에서 즐기는 카약은 더욱 그렇다). 이 질문에는 괴테의 명언으로 답변을 대신하고 싶다.

"배는 항구에 있을 때 가장 안전하지만, 그것이 배의 존재 이유는 아니다."

– 괴테

캠핑카 질문
TOP 10

캠핑카에 살면서 불편하지 않았나?

당연히 집보다는 불편하다. 캠핑카에 묵는 사람은 기본적으로 캠핑을 좋아하는 사람이다. 혹자는 왜 사서 고생이냐, 캠핑카를 사느니 차라리 호텔에 묵는 것이 낫다고 할지도 모르겠다. 내게는 그런 말이 '어차피 내려올 것을 왜 산에 오르느냐?'로 들린다. 산에 가야만 알 수 있는 재미가 있듯이 캠핑도 해본 자만 아는 재미가 있다. 캠핑카 정박이 가능하면 그곳이 어디든 잠시나마 내 앞마당으로 삼을 수 있다. 화장실이 불편하고 물과 전기 사용이 제한적이라도 모두 감수할 만큼의 행복을 가져다준다.

캠핑카는커녕 캠핑 경험도 없어서 감이 잘 안 올 수 있다. 간단히 진단해보는 요령이 있다. 누구나 학창 시절에 수련회 등으로 야영을 해보았을 것이다. 그때 텐트에서 묵은 경험이 좋았다면 캠핑을 좋아할 확률도, 캠핑카를 좋아할 확률도 높다.

캠핑카를 살 때 무엇을 고려해야 할까?

첫째, 생활공간을 고려해 캠핑카 차량을 결정해야 한다. 경차부터 다마스, 트럭, 르노 마스터, 스타리아, 대형 버스까지 차량 선택의 폭이 넓다. 혼자나 둘이 쓴다면 승합차로도 충분하다. 3인 이상의 가족이 쓴다면 좀 더 커야 한다. 어디까지나 인원수는 기준일 뿐이고, 필요한 공간은 사람마다 다르다. 어떤 사람은 작은 공간에서도 잘 지내고, 어떤 사람은 공간이 커야 잘 지낸다. 예전에 집 없이 대형 버스를 캠핑카로 개조해 사는 부부를 다룬 다큐멘터리를 본 적이 있다. 그 다큐멘터리에는 레이나 다마스를 캠핑카로 개조한 사람도 나왔는데, 캠핑카의 규모와 상관없이 모두 사는 데 불편함이 없다고 답했다.

캠핑카를 주로 사용할 사람이 몇 명인지, 어떤 성향인지를 고려해 크기를 결정하자. 작은 공간이어도 괜찮으면 경차나 승합차를 개조한 캠핑카를, 어느 정도의 공간이 필요하다면 트럭이나 르노 마스터(르노에서 나온 화물 밴)를 개조한 캠핑카를, 큰 공간이 필요하다면 버스나 대형 밴을 개조한 캠핑카를 선택하면 된다.

둘째, 전기, 화장실, 에어컨, 무시동 히터, TV 등 캠핑카 옵션을 살펴

보아야 한다. 캠핑 시장이 확대되면서 캠핑카 기술력도 급속도로 좋아졌다. 웬만한 옵션은 기본으로 장착되어 있고, 필요에 따라 추가로 옵션을 더할 수 있다. 사용 가능 전기 용량을 대폭 늘릴 수도 있고, 차 위에 팝업 텐트(차 위에 설치하는 텐트. 평소에는 접었다가 잘 때는 펴서 텐트로 활용할 수 있음)를 올릴 수도 있고, 무시동 에어컨(시동을 켜지 않고도 에어컨을 켤 수 있음)을 설치할 수도 있다.

나는 실내 레이아웃이 마음에 드는 모델을 골라 가성비를 비교한 다음에 전기, 냉장고, 화장실만 설치된 기본 모델을 샀다. 심지어 기본 모델에서 TV도 뺐다. 이동식 화장실은 뺄 수 없어서 받긴 받았는데 쓸 일이 없어서 다른 사람에게 주었다. 제주도는 해안가 관광지에 공중화장실이 설치된 경우가 많아서 이동식 화장실을 쓸 일이 없었다. 무엇보다도 이동식 변기를 비우는 일을 피하고 싶었다. 물 관리, 고장, 습기, 공간 축소 등의 문제로 샤워실도 설치하지 않았다.

TV는 없어도 되는데 에어컨은 꼭 있어야 하는 사람, 에어컨은 없어도 되는데 화장실은 꼭 있어야 하는 사람 등 저마다 요구 조건은 천차만별일 것이다. 캠핑카를 주로 사용할 사람의 성향을 고려해 필요한 옵션을 정하자.

Q.3

캠핑카 가격이 부담되지 않았나?

내가 캠핑카를 샀을 때 우리 가족은 자동차 한 대를 보유한 상태였다. 마침 자동차를 한 대 더 살까 고민하던 차에, 사정상 가족과 떨어져 자취하게 되었다. 캠핑카를 사면 1년 치 집값도 아끼고 출퇴근 겸용 세컨카로도 쓸 수 있겠다는 생각이 들었다. 가족 여행도 캠핑카로 가고, 모임도 캠핑카에서 하면 돈이 훨씬 덜 들 것 같았다. 실제로 캠핑카에 살면서 1년 치 집값, 관리비, 전기요금, 수도세 등 1년 동안 아낀 금액만 단순 계산해도 500만 원이 넘는다. 디젤 차인 데다가 큰 차 치고는 연비도 괜찮아서(리터당 평균 약 11㎞) 출퇴근용으로도 잘 쓰고 있다.

Q.4

루프탑 텐트나 카라반은 어떨까?

각각 장단점이 뚜렷해서 어느 쪽이 좋다고는 확답할 수 없다. 나도 한때 루프탑 텐트를 설치해서 여행 다니는 게 꿈이었다. 어쩌다 차에서 1년을 거주해야 하는 상황이 생기는 바람에 바로 캠핑카로 넘어갔지만, 단기간 여행이 목적이면 루프탑 텐트도 좋은 대안이다. 캠핑카에 비하면 돈도 훨씬 덜 들고, 루프탑 텐트만의 낭만이 있으니까.

카라반은 실내 공간이 넓다는 것이 장점이지만, 장소를 옮길 때마다 결착과 탈착해야 한다는 단점이 있다. 이 단점 때문에 나는 처음부터 선택지에서 제외했다. 하지만 같은 장소에 오래 머무는 사람, 집에 주차공간이 넓은 사람, 생활공간이 넓어야 하는 사람, 카라반 결착과 탈착이 귀찮지 않은 사람에게는 카라반이 매력적일 수 있다.

루트탑 텐트도, 카라반도, 캠핑카도 부담스럽다면 걱정하지 말자. 텐트가 있다. 텐트 하나만 있어도 누구나 캠핑을 떠날 수 있다. 뭐니 뭐니 해도 캠핑의 끝은 텐트다.

Q.5
캠핑카 구매할 때 필수옵션이 있다면?

캠핑카에 살면서 가장 선택하길 잘했다고 생각한 옵션은 무시동 히터다. 캠핑카는 단열에 취약하다. 아무리 단열 마감이 잘된 캠핑카라도 콘크리트 집보다는 단열에 취약할 수밖에 없다. 더위는 해발 고도를 높이면 어느 정도 피할 수 있는데, 추위는 답이 없다. 무시동 히터가 없었으면 어떻게 살았을까 싶다.

무시동 히터는 문자 그대로 시동을 걸지 않고 차 연료통에 있는 기름으로 히터를 돌리는 방식이다. 한겨울밤에도 더워서 잠에서 깨는 기적을 체험할 수 있다. 의외로 기름값도 많이 들지 않는다.

요즘에는 무시동 히터가 대부분 기본 옵션으로 설치되어 있다. 그만큼 필수옵션이라 할 수 있다. 대부분의 캠핑카 사용자들은 TV, 에어컨, 냉장고, 전자레인지, 샤워실, 싱크대(청수통), 화장실 정도를 기본 옵션으로 여기는 듯하다. 나는 냉장고, 전자레인지, 싱크대, 무시동 히터만으로도 행복하게 잘 살았다. 미니멀리스트가 이렇게 살기 편하다.

Q.6
캠핑카 업체를 선정할 때 주의사항이 있다면?

유튜브 검색어에 '캠핑카 사기'만 쳐봐도 거금을 들여 캠핑카를 샀다가 사기당한 사연을 접할 수 있다. 캠핑카 시장은 기존에 있던 업체와 신규 업체 사이의 무한경쟁으로 춘추전국시대를 맞았다. 몇 년 전보다 기술력은 올라가고 가격은 내려가는 등 긍정적인 면도 있지만, 일부 업체의 계약 사기 사건과 부실한 AS 등 부정적인 면도 있다.

걱정할 필요는 없다. 인터넷의 바다에 살짝 발만 담가도 어떤 업체가 캠핑카 이용자들의 신뢰를 받고 있는지 알 수 있다. 새로운 캠핑카가 나올 때마다 꼼꼼히 리뷰해주는 유튜버도 많으니 리뷰를 보고 마음에 드는 모델은 눈도장을 찍어두자. 캠핑카를 사는 것은 '집'을 사는 것이기도 하다. 클릭품, 발품을 팔며 신중하고 꼼꼼하게 조사해보아야 하지 않을까. 그다음에 직접 판매자를 만나 상담을 받고 차도 직접 보길 바란다.

매년 전국 각지에서 열리는 캠핑카 박람회에 참가하는 것도 좋은 방법이다. 전국에서 쏟아져 나오는 다양한 캠핑카를 구경하는 재미가 쏠쏠하다.

Q.7
캠핑카에서 살면 샤워와 세탁은 어떻게 해결할까?

밴 라이프를 시작할 때 가장 고민했던 부분이다. 화장실은 공중화장실을, 물은 공용 개수대를 이용했다. 그런데 샤워와 세탁은 도무지 답이 안 나왔다.

샤워는 지역 체육센터에 헬스를 등록해서 운동과 샤워를 동시에 해결할 계획이었다. 그런데 코로나가 터지면서 지역 체육센터가 모두 문을 닫아버렸다. 그래서 부모님 찬스를 썼다. 산책할 때 캠핑카 정박지에서

1시간 거리에 있는 부모님 집에 들러 샤워했다. 속세에 물들까(?) 우려되어 몰래 들어가 씻고 나왔다.

세탁은 어떻게 했을까? 나는 『월든』을 읽고 밴 라이프를 꿈꾸게 됐다. 이 책을 쓴 헨리 데이비드 소로도 세탁을 해준 사람은 따로 있었다는 설이 있다. 그만큼 밴 라이프 최대의 난제다. 캠핑카에서 오래 생활한 이들 중에는 소형 세탁기를 설치한 경우도 있다. 나는 그럴 형편은 안됐다. 그렇다고 손빨래를 할 수는 없고…. 샤워하러 부모님 집에 들를 때 빨랫감을 들고 가서 세탁까지 해결했다. 이 자리를 빌려 부모님께 감사 인사를 전한다.

Q.8
다른 캠퍼에게 당부가 있다면?

최근 몰상식한 캠퍼가 늘면서 덩달아 차박 금지 장소도 늘고 있다. 쓰레기를 아무 데나 버리고 늦은 시간까지 술 마시고 떠드는 것은 기본이고, 심지어 캠핑카 옆에 닭장을 만들어 닭을 키우는 사람도 있다고 한다.

차박 금지 카드를 꺼낸 지자체 입장도 충분히 이해가 간다. 캠퍼들을 위해 공유지를 열어놨는데 제대로 관리가 안 된다면 굳이 열어둘 이유가 없다. 이를 두고 지자체가 관리를 안 한다며 불만을 토로하는 캠퍼들도 있는데, 애초에 캠퍼들이 깨끗하게 사용했다면 일어나지 않았을 일이다.

이런 뉴스를 볼 때마다 일부 몰상식한 캠퍼들과 같은 그룹으로 묶여 욕 먹는 현실이 씁쓸하다. 본인의 쓰레기를 치우고 가는 것이 그리 어려운 일인가? 야밤에 다른 사람에게 피해 가지 않게 조용히 캠핑을 즐기는 것이 그리 어려운 일인가? 명당자리에 캠핑카나 카라반을 알박기(공유지에 차를 장기간 세워둬서 다른 사람이 이용하지 못하게 만드는 행위)해놓는 것은 도대체 무슨 심보일까? 캠핑 에티켓 국가공인자격시험이라도 있었으면 좋겠다.

전국적으로 차박 금지 장소가 하나둘 늘어나자 캠퍼들 사이에 위기의식이 생겼는지, 온라인 커뮤니티에서 차박 예절 지키기 캠페인이 벌어지고 있다. 건강한 캠핑문화가 정착되기까지는 꽤 오랜 시간이 걸릴 것 같다. 제발 서로 기본적인 예절은 지키자.

제주도 차박지를 추천해준다면?

포털 사이트에 '제주도 추천 차박지'를 검색해보면 보통 해수욕장을 추천하는 경우가 많다. 해수욕장 주변에는 개수대나 화장실이 잘 갖추어져 있다. 소음에 민감하지 않고 북적이는 분위기를 좋아하면 해수욕장 주차장도 좋다. 하지만 경쟁이 치열해서 내가 세우고 싶은 곳에 이미 다른 사람이 차를 세운 경우가 많다.

내가 추천하는 장소는 포구다. 도심지만 조금 벗어나도 포구에는 사람이 거의 없다. 포구 특유의 한가로운 분위기는 덤이다. 혼자 조용히 생각을 정리하고 싶을 때 포구만한 곳이 없다.

그 외에도 해안도로를 운전하다 보면 바닷가에 경치 좋은 노지가 많다. 차를 세워도 되는 곳인지 확인하고 그곳을 그날의 정박지로 정하자. 단, 절대 흔적을 남겨서는 안 된다. 주인이 없는 땅이라는 것은, 우리 모두의 땅이라는 뜻이기도 하니까. 아, 중요한 이야기를 빠뜨렸다. 노지는 대부분 근처에 화장실이 없다. 가까운 화장실을 미리 파악해두자.

캠핑카에 살면서 가장 좋았던 점과
가장 힘들었던 점은?

가장 좋았던 점은 있는 그대로의 나로 살 수 있다는 것이었다. 매일 새로운 환경에서 그때그때 생기는 문제들을 해결하는 과정에서 내가 어떤 사람인지 확실히 알게 됐다. 앞으로의 삶을 설계하는 데 큰 도움이 되었다. 새로운 꿈도 생겼다. 한 번은 마음 맞는 사람들과 캠핑카를 타고, 한 번은 혼자 스쿠터를 타고 유라시아를 횡단하는 꿈이다.

가장 힘들었던 점은 가족을 향한 그리움이었다. 주말마다 가족을 만나고 공항에서 헤어질 때면 세상의 절반은 눈물 아래로 잠겼다. 가족의 소중함을 절감한 시간이었다.

epilogue

눈 깜짝할 사이에
일어날 수 있는 일

내셔널지오그래픽이 만든 명품 다큐멘터리 〈코스모스〉에 우주 달력이라는 개념이 나온다. 우주의 나이를 1년으로 압축했을 때 우주에서 일어난 사건들이 언제 일어났는지를 알려주는 달력이다. 우주 달력에 따르면 이렇다.

1월 1일 0시, 우주 탄생(Big Bang)

9월 14일, 지구 탄생

9월 25일, 생명체 탄생

12월 31일 22시 30분, 인류 탄생

12월 31일 23시 59분 45초, 문자 발명

12월 31일 23시 59분 59초, 르네상스 시작

우주의 나이가 1년이라면, 인간의 일생은 0.2초도 안 된다고 한다. 우리가 서로 지지고 볶고, 시기하고, 질투하고, 분노하고, 상처 주고, 때때로 돕고, 가끔 사랑하며 일어나는 모든 일이 우주의 관점에서 보면 '눈 깜짝할 사이'에 일어나는 일인 것이다.

이 사실을 알고 나면 마음이 조금은 편해진다. 대자연 속에 있으면 지금 내가 하고 있는 걱정이 별게 아닌 것처럼, 우리 인생이 생각 외로 짧다는 것을 인식하면 내가 해야 할 일도, 내가 하면 안 되는 일도 선명해진다. 사랑만 하다 가기에도 짧은 인생이다. 그 짧은 순간을 스쳐가는 건 지금 나와 동시대를 살아가는 이들도 마찬가지일 터다. 결국 우리는 우주를 스쳐가는 서로를 스쳐갈 뿐인 것이다.

문득 그런 생각이 들었다. 우주 나이를 1년으로 치면 우리는 1년 중 0.15초를 제외한 '364일 23시간 59분 59.85초'는 생명체가 아니다. 0.15초 동안 우주를 스쳐 갈 기회를 잡은 것만으로도 기적에 가까운 확률을 잡은 것이다. 우린 이미 로또보다 더한 행운을 거머쥔 사람들이다. 잠깐의 스침이라도 의미 없는 스침이 되지 않게 의미 있는 삶을 살아보자. 그 의미라는 것이 같은 시대를 스쳐가는 누군가에게 도움이 되는 무엇이라면 그보다 더 의미 있는 삶은 없겠다.

글을 쓰는 일도 내 글이 누군가에게 작으나마 위로가 될 수 있다면 분명 의미 있는 일일 것이다. 여기까지 내 글을 읽어준 당신은 내가 의미 있는 일을 할 수 있도록 도움을 주었기에 이미 나에게는 더없는 의미다. '제 글을 읽어주어 감사합니다'라는 말을 돌려 전하려고 우주 달력 이야기를 꺼내봤다.

기쁨, 환희, 희열, 사랑, 감사, 행복, 슬픔, 불안, 공포, 우울, 시기, 분노…. 참으로 다양한 감정이 우리의 하루를 만든다. 각각의 감정은 서로 바통 터치를 해가며 하루의 감정 계주를 완성한다.

감정 계주에서 가장 중요한 건 첫 번째 주자다. 첫 번째 감정 주자가 누구냐에 따라 그날 하루의 감정 흐름이 결정되는 경우가 많다. 인생의 어느 순간부터, 내 감정 레이스의 첫 번째 주자가 대개 '감사'였던 것은 더없이 감사한 일이다. 감사하는 마음이 계주의 출발을 알리면 감정의 결승점을 통과하는 마지막 주자는 늘 행복이었으니까.

이렇게 감사할 일이 또 늘었다. 내 마음을 글로 표현할 기회가 생겨서 다행이다. '심장과 입의 거리(말)'보다 '심장과 손의 거리(글)'가 더 멀지만, 나는 글로 표현하는 게 더 편하다. 이 자리를 빌려 감사글을 전한다.

to 부모님

제게 부모님에 대한 마음은 티 없는 사랑보다는 애증에, 애증보다는 감사에 가깝습니다. 파도 잘날 없는 인생이었으나 결국 그 파도 위에서 서핑을 즐기는 사람이 될 수 있었던 8할은 부모님 덕분입니다. 풍파 없는 삶이 어디 있을까요. 이제 와서 삶은 그 자체로 아름다운 무엇임을 깨달으며, 인생이라는 도화지 위에 제 마음대로 그림을 그릴 수 있게 해주신 부모님, 감사합니다. 앞으로도 철들지는 못할 것 같아요. 대신 멋지게는 살아볼게요.

to 아내

죽어서 흔적을 남기고픈 마음 따위는 없습니다. 그냥 인생은 지구라는 별, 잠시 스쳐가는 여행이라고 생각해요. 살면서 좋은 추억 많이 만들었다면, 함께 스쳐 가는 좋은 사람 많이 만들었다면 그걸로 족해요. 다만 '묘비명을 남긴다면 뭐라고 남길까?' 고심했던 적은 있습니다. 역사 속 현인들의 묘비명을 보면 저마다의 인생을 한 줄로 압축해놓은 묘비명이 어찌나 아름답던지요. 저는 상상 속 묘비명에 이렇게 새길 거예요.

1982년 세상에 태어남
2002년 강하나를 만남

제 인생은 이 두 줄이면 됩니다. 제 행복은 모두 당신 덕분입니다. 늘 고마워요. (존 레논의 인터뷰에서 아이디어를 차용했습니다. 존 레논은 늘 저에게 형이었는데, 이제 저도 당신이 세상 떠날 때 나이가 되었네요. 그래도 늘 형 같은 존 레논, 땡큐!)

to 단비, 다온

건조한 제 입가에 평생 마르지 않는 웃음 샘을 만들어준 단비, 다온이에게 이 책을 바칩니다. 두 딸이 책을 쓰게 만든 원동력이었습니다. '만에 하나, 내가 뜻하지 않은 일로 일찍 세상을 떠나게 된다면, 두 딸의 기억 속에 아빠는 없다. 먼 훗날 두 딸이 아빠를 기억할 수 있도록 기록을 남기자'라는 생각이 책쓰기의 시작이었거든요. 이 책은 두 딸에게 쓰는 편지이자 아빠가 딸에게 미리 쓴 유언장인 셈입니다. 제 글이 언젠가 두 딸에게 지혜의 샘터가 되어줄 수 있다면 더없는 기쁨이겠습니다.

to 출판사, 편집부

책 한 권을 쓰는 게 이렇게 어려운 일인지 미처 몰랐습니다. 제 글을 책으로 내달라고 처음 손 내밀었을 때, 제 손 부끄럽지 않게 잡아주신 출판사에 감사드립니다. 이 책의 방향과 갈피를 제시해주신 기획자님, 남의 글인데도 자기 글처럼 꼼꼼히 손봐주시고 예쁘게 다듬어주신 저의 첫 번째 편집자님, 예쁜 표지와 책 디자인을 완성해주신 디자이너님 등 편집부 모두에게 진심으로 감사드려요.

to 당신

책을 쓰면서 늘 이 책을 읽고 있는 당신을 떠올렸습니다. 글을 쓰고 저만 보고 말 거였다면 일기장에 쓰고 말았겠죠. 글을 쓰다가 막힐 때면, 제 책을 손에 들고 있을 당신을 떠올렸습니다. 감사합니다. 덕분에 책을 마무리할 수 있었어요. 책을 읽으셔서 아시겠지만, 저는 진심으로 좋아하는 사람에게만 '행복하세요'라는 마지막 인사를 합니다. 저는 당신이 좋습니다. 그러니 부디 행복하세요. 언젠가 우리, 소풍의 길목에서 만나요.

정한빛